Gabrielle Déramaux

Collège inique (ta mère !)

François Bourin Editeur

« Vous faites quoi dans la vie ?
– Professeur…
Regard compatissant :
– Et prof de quoi ?
– Prof de "Tais-toi, assieds-toi". »

(Tous les prénoms ont été modifiés)

Monsieur Kanony

Lorsque Monsieur Kanony, normalien et professeur agrégé de lettres classiques au lycée Lapérouse – celui de Jaurès et de Pompidou – de la ville d'Albi, mon professeur de lettres en seconde, entrait dans le café *Le Pontier* de la place du Vigan, tous ses élèves (actuels et anciens) se levaient. Par déférence.

Si Monsieur Kanony savait que je suis à mon tour professeur de lettres, il serait fier. Peut-être.

Si Monsieur Kanony me voyait dans ma classe aux prises avec mes élèves, il serait horrifié. C'est sûr.

La reine des profs

C'est la fin du mois de mai. Voilà des semaines que mes élèves de quatrième attendent l'événement : j'ai organisé une sortie scolaire au château de Versailles. En prévision, nous lisons depuis le mois de mars des textes littéraires et documentaires sur l'époque de Louis XIV et les élèves ont préparé de nombreux exposés sur le sujet.

Les conservateurs du château sont rôdés à l'accueil des groupes scolaires et proposent des thèmes de visites variés et adaptés à chaque niveau. J'ai choisi une promenade guidée d'une heure et demie à travers le château intitulée « Une journée du Roi-Soleil » pour que cela soit un peu concret. Les élèves sont réellement très motivés par cette sortie et la menace de la supprimer m'a permis de maintenir un calme relatif en cette fin d'année.

Le grand jour arrive, je ne dors pas beaucoup, stressée à l'idée de tout ce qui pourrait se passer pendant cette excursion. Un professeur de l'équipe m'accompagne et nous retrouvons les élèves devant la bouche de métro Ourcq. Tout le monde est là, souriant et ponctuel. Je distribue les tickets, récapitule le trajet que nous allons faire en transport en commun, redonne les consignes à suivre si on perd le groupe et nous voilà partis. Contrairement à ce que je me suis imaginé, les élèves sont calmes, ne s'éparpillent pas dans la rame en braillant mais restent bien groupés autour de moi. En fait, ils ne sont pas très rassurés et préfèrent ne pas trop s'éloigner du groupe. Ils sont très prévenants et me gardent une place assise. Nous changeons une fois de métro à la gare d'Austerlitz puis prenons le train à Saint-Lazare. Il fait beau, le ciel est bleu et les lilas fleuris, je vois mes ados détendus, s'émerveillant devant les jardins verdoyant le long de la ligne.

Nous arrivons à Versailles. J'entends des cris: « Madame, comment il est trop beau, le château de Versailles, ça tue! » Il s'agit de la mairie. Nous marchons quelques mètres, tournons à gauche et nous trouvons devant le grand parvis du château. Le soleil fait étinceler les bâtiments, les cars de touristes sont déjà nombreux, la perspective immense leur coupe le souffle. Ils poussent des exclamations et s'avancent vers le portail d'un pas enthousiaste. Je suis contente.

La conférencière qui nous accueille n'est pas très aimable et fronce le nez devant mes élèves qui, heureusement pour elle, ne remarquent rien. On commence la visite par la chapelle, ils écoutent très respectueux, regardent bien autour d'eux et posent des questions inattendues mais intelligentes : « Pourquoi la corniche est cassée ? » « On dirait qu'il manque des dorures… »

La conférencière se décrispe, leur répond patiemment et le reste de la visite se passe incroyablement bien : chambre du roi, cabinet de travail, grand escalier et galerie des glaces. Je vois sur les visages des élèves que ça leur plaît. Je me détends aussi.

À midi, je donne à chacun le droit d'aller déjeuner où il veut dans le parc avec ses copains, à condition que tout le monde me retrouve à 13 h 30 en bas des escaliers qui descendent vers le bassin de Latone.

La perspective sur le grand canal est immense, démesurée et déconcerte certains, peu habitués à de tels espaces. On se sent loin du XIXe arrondissement, c'est la campagne. Tout compte fait, mes élèves n'ont pas tellement envie qu'on se sépare et nous finissons par pique-niquer tous ensemble. On se chauffe au soleil, on s'amuse et on prend des photos. Même des profs.

À 13 h 30, je bats le rappel des troupes, il en manque deux. Nicolas, d'habitude tellement à cran, désagréable, trouvant tout nul, se propose tout de suite pour aller les chercher. Il court comme un fou dans le parc et les ramène gentiment sans crier, sans grands gestes de bras, sans gros mots. Je le vois alors tel qu'il est : un petit gosse sympa.

La journée est terminée, on rentre à Paris. Tout le monde est fatigué, saoulé par le grand air, le trajet de retour est très calme. Arrivés à la station Ourcq, on remonte sur l'avenue Jean-Jaurès et on se sépare. Là, fait extraordinaire, avant de partir les élèves viennent me dire au revoir et me remercient pour la journée.

« C'était trop bien, hein, Madame? On a kiffé Versailles ! »

Mamadou, l'air dépité, ajoute malgré tout : « Madame, y'a quand même un truc que j'suis trop déçu… On a pas vu le roi des Français. »

Toutes ces heures passées à étudier l'Ancien Régime et la Révolution me tombent d'un seul coup sur les épaules.

Daouda, hilare, le bouscule d'un grand coup d'épaule : « Parce que tu crois que le roi, il veut voir des négros comme nous ! »

Lorsque j'ai commencé d'enseigner, il y a treize ans, je n'imaginais pas que les élèves me toucheraient autant.

Giaire-sta dans le neuf-trois

Nous sommes en 1999. Je viens d'obtenir le CAPES de Lettres modernes au concours de l'académie de Paris et devrais donc être affectée à Paris à la rentrée de septembre pour mon année de stage. Malheureusement pour moi et tous les autres lauréats du concours en lettres cette année-là, le rectorat de Paris a décidé de se délester de ses stagiaires au profit de l'académie de Créteil, qui place ses toutes fraîches recrues là où les anciens ne veulent aller : dans le département de Seine-Saint-Denis. En matière de bizutage, difficile de faire pire : le neuf-trois, comme tout le monde dit, est de loin le département le plus défavorisé et le plus violent de France. La plupart des professeurs sont prêts à accepter n'importe quel poste pour y échapper, quitte à passer plus de trois heures dans les transports. En ce qui me concerne, en tant que stagiaire, je n'ai pas le choix.

L'académie de Créteil étant la plus déficitaire de France, c'est là que se retrouvent le plus souvent les nouveaux professeurs. Chacun court ensuite après sa mutation pour regagner Paris ou sa région d'origine. Les établissements scolaires du 93 ont pour cette raison beaucoup de mal à stabiliser leurs équipes pédagogiques qui changent presque tous les ans. Quand un élève voit de nouveaux professeurs à chaque rentrée, qui pourra lui faire croire qu'il étudie dans un bon établissement ? Quand les élèves de troisième sont les plus anciens de la place, qui peut faire preuve d'autorité ?

Me voici donc professeur-stagiaire dans un collège pudiquement qualifié de « difficile ». Je suis contente de passer enfin à l'action après les années passées en prépa et sur les bancs de la fac. Je n'ai pas de réelle vocation, l'enseignement est simplement la suite logique de mes études. Il faut reconnaître que le monde de l'entreprise m'est totalement inconnu et m'effraie un peu. Je maîtrise mieux celui de l'école, je viens d'y passer les vingt-trois dernières années.

J'ai hâte de voir la tête de mes élèves, des cinquièmes, et de donner mes premiers cours. Je ne me sens pas tout à fait légitime, pas vraiment engagée non plus. J'angoisse pas mal, mais je me dis que si cela s'avère trop dur, je pourrai toujours faire autre chose avec mon bac + 6. Je me motive en me répétant que je n'assurerai que six heures de cours cette première année, ce qui semble largement faisable. Après tout, des cinquièmes, ce sont encore des petits, je devrais m'en sortir sans trop de mal. Je plains mes camarades nommés en lycée, confrontés à des élèves aussi grands qu'eux. Je suis sûre que ça va bien se passer, en fin de compte.

J'ai tort.

Première prérentrée

Ce vendredi 31 août, je me présente, pas très fière, en tant que professeur-stagiaire pour ma première prérentrée. J'entre pour la première fois dans une salle des professeurs.

Dans ce lieu sacro-saint, on se tutoie quel que soit son âge ou son rang. Et on s'appelle par son prénom. Ce qui complique singulièrement la tâche quand il s'agit de retenir l'identité de chacun, puisque tous les professeurs se produisent en classe sous un nom de scène : Madame Machin ou Monsieur Untel, voire Mademoiselle Truc. Comment savoir de qui parlent les élèves en évoquant Monsieur Dulac quand on ne connaît que des Pascal ou des Dominique ? Cela donne lieu à des interrogations inédites en salle des profs : « Qui est Monsieur Truc ? Ah, d'accord, c'est toi Hervé. » L'une des angoisses du jeune professeur étant d'ailleurs d'être appelé par son prénom devant les élèves, il est courant de voir de jeunes enseignants s'adresser les uns aux autres en s'appelant Madame ou Monsieur Untel, tout en se tutoyant. « Madame Bisson, tu n'oublies la réunion de ce soir ? » C'est le moyen le plus commode d'éviter la gaffe. Et tant pis si c'est ridicule.

Tout le monde se retrouve, se raconte ses vacances, échange des nouvelles. Difficile de se mêler à ces groupes d'amis. Je me sens bien esseulée, angoissée par la « vraie » rentrée, sans personne avec qui en parler. J'ignore encore que je me retrouverai très souvent dans cette peu enviable situation, changeant fréquemment d'établissement à cause de mon statut de TZR (Titulaire en zone de remplacement), remplaçante à l'année. La cinquième roue du carrosse, pour ainsi dire.

Vous avez dit classes de niveau ?

Avec mon emploi du temps, j'obtiens la liste des élèves inscrits dans ma classe, la cinquième 5, et les options qu'ils suivent.

Aucune, visiblement.

Même si la loi l'interdit en principe, les collèges publics recourent de plus en plus aux classes de niveau (destinées à regrouper les meilleurs élèves entre eux, notamment grâce aux options) afin d'empêcher – un peu – la fuite massive des bons élèves vers l'enseignement privé. On ne se bat pas pour avoir en charge les classes aux numéros les plus élevés : les dossards 5 et 6 ne laissent en effet jamais rien présager de bon. C'est pourquoi certaines politiques d'établissement hypocrites ont remplacé la désignation des classes par des numéros ou des lettres par des couleurs. Le climat y est tout aussi électrique, mais l'honneur est sauf. Des classes de niveau ? Mais vous n'y pensez pas ! À y regarder de près, on verrait pourtant que les latinistes et germanistes sont tous regroupés dans les mêmes classes. Gageons qu'il ne faut pas plus d'une semaine aux élèves pour décoder les couleurs…

Les classes de niveau, c'est une paix relative pour les professeurs et les bons élèves mais c'est la ruine des mauvais élèves, qui, se sentant parqués dans des classes poubelles, n'ayant aucune « locomotive » pour avancer et ne tardant pas à remarquer la couleur de peau de leurs condisciples (dans certains établissements on peut parler de classes blanches et de classes noires), ne font plus aucun effort dès la cinquième. Les meilleures classes ne sont cependant pas non plus une sinécure car elles accueillent les cas les plus ingérables, qu'on pense neutraliser en les « noyant » parmi de bons élèves. Sur une classe de trente, comptez quatre ou cinq élèves en grande difficulté, c'est-à-dire d'un niveau scolaire préoccupant et/ou présentant de graves troubles du comportement. D'après mon expérience, il vaut mieux être professeur principal d'une classe numéro 2 que d'une classe numéro 1 : vous n'aurez pas les meilleurs élèves mais vous échapperez aux cas les plus lourds…

Mais la question ne se pose pas pour moi, puisque j'ai hérité d'un dossard 5 et que ce ne sera donc pas cinq cas lourds que j'aurai à gérer, mais vingt-six.

Ma tutrice

Après le discours d'ouverture et la distribution des emplois du temps, la principale me présente ma tutrice. Chaque stagiaire doit en effet être supervisé dans son établissement d'exercice par un professeur plus expérimenté qui doit préparer avec lui ses premiers cours, l'accueillir dans sa classe pour lui montrer le déroulement de plusieurs séances, assister à certains de ses cours pour le guider et le conseiller.

Le tuteur est en relation constante avec l'IUFM (Institut de formation des maîtres) et donne son avis quant à la titularisation du jeune professeur.

Les expériences sont très diverses : certains de mes amis ont eu des tuteurs remarquables, certains ont été de vrais tyrans, d'autres encore ne se sont jamais montrés. J'ai eu un ami professeur-stagiaire mis à mal par ses élèves, dont le tuteur n'a pas trouvé mieux pour l'aider que d'intervenir dans sa classe sur le mode: « Ce n'est pas parce que Monsieur Costes est stagiaire qu'il ne faut pas lui obéir! » On imagine sans peine ce qu'a été le reste de l'année pour ce jeune enseignant discrédité d'emblée devant ses élèves... Avec le recul, je préfère cent fois faire mes vingt heures hebdomadaires en tant que professeur titulaire, c'est-à-dire « vrai » professeur, que de revivre cette année de stage, où chacun, chef d'établissement, secrétaire, documentaliste, professeurs, parents et élèves, prend un malin plaisir à vous rappeler votre place exacte.

Quand le stagiaire se présente dans son établissement de rattachement, il arrive que son tuteur lève les bras au ciel en s'écriant: « Ah, non! Ça ne va recommencer! Cela fait trois ans que je ne suis plus inscrit sur la liste des tuteurs! Mais qu'est-ce qu'ils fabriquent à l'IUFM? »

Ils « fabriquent » qu'ils ne trouvent plus de volontaires. C'est le cas de ma tutrice, volontaire d'office. Après des années de loyaux services, elle ne souhaite plus s'occuper d'un stagiaire et paraît d'abord vraiment en colère de me voir débarquer. Mais elle ne reste pas longtemps sans cœur devant mon désarroi et accepte malgré tout de me mettre le pied à l'étrier, tout en me confiant qu'elle est à bout. Elle me dit qu'elle a du mal à supporter ses propres heures d'enseignement, qu'elle a l'impression de ne plus pouvoir réellement exercer son métier tant les conditions se sont dégradées. Elle ne voit pas trop ce qu'elle peut m'apporter. Les jeunes professeurs n'ont connu que la situation actuelle. Mais ceux qui ont commencé il y a vingt ou trente ans ont vu peu à peu disparaître tout ce qui faisait le charme de leur profession pour endosser un rôle qu'ils n'avaient pas choisi de tenir, celui de garde-chiourme. Comment leur reprocher ce découragement ?

Peu de professeurs se portent volontaires pour ce tutorat car il occasionne évidemment un important surcroît de travail, extrêmement mal rémunéré, comme il se doit : 2 000 euros en fin d'année pour 96 heures de travail supplémentaire exigées. Il n'est donc pas rare de voir des stagiaires avec un tuteur exerçant dans un lointain établissement, voire sans tuteur. Pour pallier cette désertion, l'IUFM n'hésite plus à faire appel à des professeurs qui n'ont que trois ou quatre années d'expérience.

Ma tutrice partira quelques semaines après la rentrée, épuisée. L'IUFM ne s'inquiétera pas plus que de raison de me savoir livrée à moi-même.

Un psychopathe par classe

Pendant la réunion plénière de prérentrée, la principale annonce : « Vous n'êtes pas sans savoir que nous avons dans cet établissement quelques problèmes de discipline, dus en grande partie à des groupes d'élèves difficiles à gérer. Cette année, nous avons essayé de casser ces groupes et de dispatcher les cas : j'ai mis un psychopathe par classe, pas de jaloux, chacun le sien ! »

Celui dont j'ai hérité s'appelle Hannibal. Ça ne s'invente pas. Il ne m'est pas présenté, bien sûr, c'est le brouhaha derrière moi qui me renseigne. Les collègues qui étaient là les années passées commentent : « Ah, oui ! L'année dernière, tu as eu de sacrés problèmes avec un petit sixième, Françoise ! Comment il s'appelait déjà ? Hannibal, c'est ça ? » Je repère ladite Françoise : une professeur d'histoire-géographie plutôt solidement bâtie, du genre à avoir maté vingt-cinq générations de durs à cuire et à ne pas s'en laisser conter. Elle répond en riant : « Et quand il m'avait envoyé son bureau à la figure, non, mais tu te souviens ! » Je me ratatine sur mon siège.

Le lundi suivant, je serai seule devant ma classe. Je n'ai jamais fait cours de ma vie et je me demande ce que je vais bien pouvoir raconter pendant cinquante-cinq minutes. N'ayant eu connaissance que le matin même du niveau qui allait m'être confié, j'ai un week-end pour étudier en détail le programme de cinquième, regarder le contenu des manuels, bâtir une progression annuelle et travailler au déroulement de mon premier cours. Et me préparer à affronter Hannibal.

Premier cours

L'université est à ce point coupée du monde du travail que certains lauréats ne se rendent compte qu'à la rentrée suivante que le CAPES et l'agrégation ne sont pas des diplômes mais bien des concours de recrutement. C'en est fini d'étudier, désormais il faut faire cours.

Préparer son premier cours, cela commence par la lecture de la liste des élèves. En la lisant à voix haute, chez moi, pour m'exercer, je réalise que faire l'appel sera déjà, en soi, une épreuve. J'ai devant les yeux beaucoup de noms à consonance étrangère, des prénoms que je n'ai jamais entendus et qui ne me renseignent pas même sur le sexe de l'intéressé. Avec l'expérience, je saurai qu'une bonne préparation de rentrée repose grandement sur un entraînement rigoureux à une lecture fluide des noms et prénoms des nouveaux élèves, dont la susceptibilité pointilleuse peut vite dégénérer. « Pourquoi elle prononce mal mon nom, celle-là ? C'est parce que c'est pas un nom français de la France ? Elle veut traiter ma famille ? Elle veut m'afficher ? » La classe peut se mettre à rire pour se moquer de l'élève dont le nom a été écorché. Pire, une mauvaise prononciation peut devenir le surnom qui lui collera à la peau toute l'année. À cause de vous.

En pratique, passé le jour fatidique de la rentrée, autant s'en tenir aux prénoms, les embûches seront divisées par deux.

Le premier jour, les élèves ne bougeront pas. Vous repérerez cependant deux ou trois rigolos dont vous vous efforcerez de retenir immédiatement le prénom, ça impressionne. Profitez de cette petite avance, ça ne durera pas.

La montée en classe, ou comment bien démarrer la journée

Au collège, au début de chaque matinée et de chaque après-midi, il faut aller chercher ses élèves dans la cour, où ils sont censés être rangés par classe. Cela n'arrive jamais, quel que soit le nombre de surveillants présents dans la cour (deux dans le meilleur des cas) car l'élève d'aujourd'hui trouve cela injuste, discriminatoire : il n'est pas du bétail. C'est bon, quoi ! Wesh !

Comptez cinq bonnes minutes pour rassembler vos élèves éparpillés. Et qui font semblant de ne pas vous avoir vue, ni entendue. Vous criez pour couvrir le bruit des cinq cents autres collégiens, vous courez partout en tirant les uns et les autres par la manche ou le cartable, votre journée de cours n'a pas commencé, vous êtes déjà passablement énervée.

Puis vient la montée des escaliers, entre un et trois étages. C'est l'étape la plus périlleuse : le rang se défait, vos élèves se mélangent avec ceux des autres classes, ils s'insultent, hurlent, se bousculent, vous bousculent, tombent, se battent, crachent par terre. Inutile de tenter ici le moindre geste ou la moindre remontrance, personne ne fait attention à vous, personne ne vous écoute.

Vous parvenez finalement dans votre couloir. Reste à séparer vos élèves de ceux qui ont cours à côté de votre salle. On se dispute, on se parle, on est tout rouge et surexcité par la montée des escaliers : il est indispensable de faire ranger et se taire les élèves avant de les faire entrer en classe. Cela peut prendre cinq bonnes minutes, surtout s'ils comprennent qu'ils ne rentreront pas tant que le calme ne sera pas établi : c'est toujours autant de cours en moins pour eux. En général, on finit par faire entrer les plus sages et par rester dehors avec un petit groupe de quatre ou cinq survoltés qu'il faut menacer d'exclusion avant qu'ils ne consentent enfin à s'apaiser. Vous avez perdu dix ou quinze minutes à ramener un calme relatif, votre cours va commencer, vous êtes épuisée.

Quelques règles de base pour ne pas ajouter à l'énervement de l'élève : se déplacer lentement dans la classe, commencer sans tarder à les faire écrire ou lire à voix haute pour les forcer à se taire. Surtout ne jamais crier. Se mettre à hurler est un aveu de faiblesse, les élèves vous reprocheront de ne pas maîtriser vos nerfs.

Rappelez-vous surtout que crier vous fait perdre des minutes de vie et que cela n'en vaut vraiment pas la peine.

Un dernier conseil : ne restez jamais derrière la porte. Pendant votre cours, la porte s'ouvrira deux ou trois fois à toute volée. C'est le jeu favori des élèves exclus des autres cours qui se promènent dans les couloirs. Ce serait bête de vous faire assommer ou fracasser le nez. Restez près de votre bureau, c'est plus sage.

Le collège d'Hannibal

Le collège de Rosny-sous-Bois où j'ai été affectée pour mon année de stage se trouve idéalement placé entre un cimetière et un immense centre commercial, avec en guise de toile de fond des HLM grises et carrées à perte de vue jusqu'à la porte de Pantin. Les élèves viennent pour la plupart de la cité attenante. Pour aller de la station RER à l'établissement, on doit passer par le parking semi-souterrain du centre commercial. Il est plus prudent de s'y déplacer au moins par deux. Ce rassemblement de magasins est évidemment l'attraction principale des gamins du quartier. Aussi est-il sécurisé par des vigiles à la stature dissuasive. Un gros gâteau interdit. De quoi provoquer bien des frustrations.

Dès les toutes premières semaines de cours, la tension est vive entre les élèves et les professeurs dans l'établissement. Pour calmer les esprits, la principale décide de s'adresser aux élèves rassemblés : « Que vous insultiez vos professeurs, passe encore, mais que vous essayiez de les frapper, ça, c'est inadmissible ! » Je revois cette dame usée, étourdie de médicaments, traversant la cour d'un air hagard, bousculée çà et là par des élèves qui se moquent d'elle ouvertement sans qu'elle ne réagisse plus…

La principale m'a conseillé d'être particulièrement vigilante avec l'un de mes élèves, le fameux Hannibal qui a déjà torturé ma collègue Françoise l'an passé : « Pas d'objet dangereux dans sa trousse, type ciseaux ou cutter et pas de voisin immédiat, éloignez-le des autres. Ne lui tournez pas trop longtemps le dos. Le mieux serait de vous assurer qu'il a bien pris ses médicaments, mais ce n'est pas possible, évidemment… »

En fait, c'est possible, je le découvrirai par la suite : lorsque Hannibal est sous l'emprise de ses médicaments, ses yeux ne tiennent pas en place et font d'étranges allées et venues de gauche à droite dans ses orbites. Quel genre de médicaments prend ce garçon de 13 ans ? Pour quelle raison ? Je ne le saurai jamais. J'apprendrai au cours de l'année, en rassemblant le peu d'informations lâchées çà et là par les autres élèves, que le père de Hannibal a monté une fausse auto-école et qu'il a disparu une fois empoché l'argent des inscriptions. Cet homme est-il retourné en Côte d'Ivoire, son pays d'origine ? La mère d'Hannibal sait-elle où il se cache ? En tout cas, beaucoup de monde dans la cité le recherche, et pas seulement la police… Hannibal est l'aîné de quatre garçons, les trois cadets faisant déjà la joie de leurs instituteurs. Enfant vraisemblablement battu plus jeune, il balance sans cesse la tête comme un éléphant et chantonne en classe. Je décide rapidement de ne pas le houspiller pour son travail. Il n'a d'ailleurs pas de classeur et ne quitte jamais son gros blouson. On m'a conseillé, en début d'année, de ne jamais trop insister pour qu'un élève réticent enlève son blouson car il le fait peut-être pour cacher des marques de coups ou pour se sentir protégé des agressions extérieures. Je n'oublierai jamais cet avis et attendrai toujours de connaître un peu mes élèves avant d'exiger qu'ils se dévêtissent.

Malgré ses treize ans, Hannibal est déjà l'un des jeunes caïds de la cité. En fait, il réclame depuis deux ans le droit d'être pris en charge par une de ses tantes habitant un autre département de la région parisienne chez qui il doit se sentir plus en sécurité et il est prêt à toutes les bêtises pour qu'on l'entende. Même à se faire renvoyer, s'il le faut. Il est le spécialiste de la blague raciste. Un jour que Julie, une élève d'origine asiatique, est au tableau, on entend un bruit de pet. Hannibal s'esclaffe : « Madame, y'a Julie qu'a pété ! Ben, si, c'est sûr, c'est elle, ça sent l'riz ! »

Ce garçon ne posera finalement pas beaucoup plus de problèmes de discipline que d'autres excités de la classe. Il y a nettement plus agité que lui et les rares fois où il consent à participer au travail demandé, il répond toujours de façon juste, mûre. Il semble la plupart du temps préoccupé par des problèmes extérieurs au collège, trop inquiet pour apprendre, pour se concentrer ou même pour faire le pitre. Passées les premières semaines, me provoquer ne l'amuse plus et il me laisse une paix relative. Mais je ne me sentirai jamais tout à fait à l'aise en sa présence…

La cinquième 5

La classe de cinquième 5, ma toute première classe, est composée de vingt-six élèves, dont une majorité de garçons : dix-sept pour neuf filles. Neuf élèves sont d'origine africaine, sept française, six maghrébine, trois portugaise, et une asiatique.

Elle a été recomposée à partir de différentes classes de sixième. Beaucoup d'élèves se trouvent donc coupés de leurs amis et chercheront jusqu'en octobre à changer de classe. Le mois de septembre se passe dans l'instabilité puisque certains enfants s'imaginent qu'ils ne vont pas rester dans cette cinquième. Octobre apportera certes de la résignation mais aussi beaucoup de rancœur. Je revois encore le petit Matthieu, gentil, discret, timide, dont la mère me confie à la réunion parents-professeurs d'octobre qu'il ne va jamais au collège sans avoir mal au ventre et que, depuis mi-septembre, un médecin l'aide à surmonter son angoisse. Moi aussi, Matthieu, j'ai mal au ventre certains matins, mais je ne l'ai pas dit à ta mère.

Jean, qui vient du Mali, est le plus âgé : il a 16 ans. Ou plutôt, on pense qu'il a entre 12 et 16 ans, lui-même ne le sachant pas exactement et n'ayant pas de papiers pour le confirmer. L'année précédente, à son arrivée en France, il a été scolarisé dans une classe pour non-francophones. Mais ces classes sont extrêmement peu nombreuses et les places si précieuses que, quel que soit son niveau en français, on n'y reste qu'une année. On rejoint ensuite le système classique. Et si on ne trouve pas de place dans ces structures, la règle est la suivante : si l'enfant a moins de 14 ans, il va en sixième. S'il a plus de 14 ans, il fait sa rentrée en cinquième, quel que soit son âge. Précisons que les professeurs de français ne sont pas, contrairement aux professeurs des écoles, formés à enseigner la lecture. Alors, quelle solution ? Soit l'élève a la possibilité de prendre des cours de langue en dehors du collège, soit il fait preuve d'un immense courage et rattrape seul son retard. Autrement, il reste à la traîne dans des classes où l'on compte déjà trop d'illettrés et de dyslexiques pour avoir en plus le temps de s'occuper des non-francophones. Après un premier trimestre agité, Jean va se donner beaucoup de mal pour rendre des copies soignées dont le contenu s'améliore nettement au fil des semaines. Le niveau requis est encore bien loin mais au moins montre-t-il de la motivation pour faire de son mieux. Je crois qu'il ne revient pas lui-même de l'ambiance laxiste qui règne au collège. Les autres se moquent souvent de son fort accent mais lui, leur oppose son sourire désarmant. Les rieurs finiront par le laisser tranquille.

Grand et filiforme, Kevin est un garçon de 12 ans imprévisible et très violent. Il porte des bagues à chaque doigt et la principale le qualifie de « petite frappe ». Élevé par une mère célibataire qui le défend quoi qu'il arrive et qui semble tomber des nues quand on lui rapporte les agissements de son fils, il est, selon les dires de cette femme elle-même plutôt agressive, « très doux et très obéissant ». Kevin considère le collège comme une prison. Comme il me le dit souvent : « J'attends mes 16 ans pour pouvoir me casser mais d'ici là il faudra bien me supporter. » C'est le meilleur ami d'Hannibal.

Jordan, lui, refuse systématiquement de lire ou d'écrire. Il parle ou chante tout seul, insulte les autres et se lève pour frapper en classe ses camarades qui l'appellent le « mongol » et qui me précisent vite qu'il est inutile que je m'inquiète car Jordan est « comme ça depuis le CP ». Les autres élèves ne veulent pas de lui au cours de soutien qu'il perturbe par son comportement invraisemblable. Il a zéro de moyenne et rend inévitablement copie blanche quel que soit l'exercice proposé. Son nom, prénom, la date et la consigne du travail demandé figurent bien sur sa feuille, très proprement présentée du reste, mais sa participation s'arrête là. De toute évidence, Jordan va très mal. Ses parents opposant un silence exaspérant à tous les mots que je peux leur écrire, je décide rapidement d'aller voir sa mère qui travaille comme vendeuse dans l'un des magasins du centre commercial voisin. Dans un rayon calme, elle me parle d'un air craintif de son mari qui a la phobie de la saleté et passe son temps à laver la maison à l'eau de javel. Elle et lui ont d'ailleurs entamé une procédure de divorce. À son avis, son fils n'en sait rien.

Élève brillant, Rachid souffre sans nul doute d'hyperactivité. Petit et très vif dans ses mouvements, il est incapable de rester assis, de se taire, de s'empêcher d'aller frapper son voisin ou de hurler des insanités par la fenêtre à un camarade aperçu dans l'autre aile du bâtiment. Ses copains me disent : « Mais virez-le, Madame ! » Toujours souriant et enthousiaste, Rachid reste volontiers après le cours pour m'aider à ranger, à fermer les volets (opération indispensable le soir pour protéger les vitres des jets de pierre nocturnes). Je lui prête des livres dont il prend grand soin et dont nous discutons tranquillement après le cours. En classe, il est ingérable. J'ai du mal à comprendre comment il fonctionne. Pourquoi se sent-il obligé d'exploser devant les autres quand il est si serviable ensuite ? Il a besoin d'être occupé à des tâches concrètes, il est excellent en sport évidemment, sa prof ne cesse de me le répéter. Je pars souvent fâchée contre lui mais ne peux pas lui en vouloir longtemps. Au cours suivant, il a toujours l'air content de me retrouver.

Âgé de 14 ans, Ludovic redouble sa cinquième après avoir déjà fait deux sixièmes. Il n'a qu'une passion : le foot. Passif mais aimable, Ludovic ne fait rien au collège, prend à peine ses cours et bâcle son travail. Un jour, lors d'un cours de soutien auquel il n'assiste pas, tous les élèves s'agglutinent aux fenêtres pour le regarder dribbler seul dans la cour. Je me surprends, moi qui ne connais rien au foot, à l'admirer, béate, à l'instar des élèves. Je suis un peu rassurée de le découvrir expert dans son domaine. J'essaie de le valoriser. Ludovic est coutumier des réflexions du type : « J'ai bien aimé ce personnage dans le livre car il est un peu bête, comme moi. » Ses parents ont insisté pour qu'il soit dans la même classe que son frère cadet, Guillaume, 12 ans, bon élève mais tyrannique et méprisant : « Je suis le chef-d'œuvre et Ludo, c'est le brouillon. » Ludovic n'attend rien de l'école, il patiente, il est déprimé.

Depuis la mi-octobre, Salima, 14 ans, très maquillée, ongles vernis et chaussée de ses hauts talons compensés, ne vient plus en cours qu'épisodiquement. Lassée de la signaler sur la liste des absents et d'entendre ses excuses peu crédibles – « ma mère était malade », « j'ai dû accompagner mon petit frère chez le médecin », « j'étais chez l'orthodontiste », la CPE la convoque un jour de décembre dans son bureau avec son père. Là, Salima finit par avouer une relation avec un jeune homme de 22 ans qui lui a promis de lui faire quitter la cité. Claque retentissante de son père. Salima revient au collège et se met à suivre assidûment les cours. Elle est même volontaire pour le cours de soutien. Mais son histoire a fait le tour du collège et dans les couloirs, on ne l'appelle plus que « la pute ».

Toutes les classes ne se ressemblent pas mais, chaque année, on retrouve les mêmes profils d'élèves. Je l'ignore encore, mais je retrouverai, comme tous mes collègues, les mêmes personnalités à chaque rentrée scolaire. Il y a toujours le rigolo qui se fait remarquer dès le premier jour, le mauvais garçon au grand cœur qui vous fatigue mais qui sait vous amadouer, le groupe des petites bavardes, la fille agressive qui se laissera apprivoiser au fil de l'année, le silencieux qui ne vous parlera jamais mais qui excelle à l'écrit, l'excité qui vous promet de se réformer au prochain trimestre pour recommencer de plus belle, le timide qui reste discuter à la fin du cours, la bonne élève souriante et déléguée de classe zélée mais qui finit par vous agacer à toujours vouloir faire des exposés. Certains prénoms et visages s'effacent mais j'ai toujours à l'esprit ceux de mes premiers élèves.

Le rideau de lumière

En septembre 1999, je ne suis pas seulement professeur-stagiaire avec une classe de cinquième sous ma responsabilité en français dans un collège du 93, « ma » cinquième 5, je suis également en formation le reste du temps, à l'IUFM de l'académie de Créteil. Les cours ne sont pas dispensés dans les bâtiments de l'IUFM lui-même mais à travers toute l'académie – pour la faire découvrir aux stagiaires, j'imagine. Ceux-ci doivent donc courir les banlieues : Montreuil, Rosny, Maisons-Alfort, Drancy, Nogent, Noisy-le-Sec, etc. Reste à se munir d'une carte orange quatre zones, d'une bonne dose de courage et d'un sens de l'orientation à toute épreuve. Vous aviez vu la banlieue à la télévision ? L'IUFM vous propose une visite de fond sur le terrain.

Les premiers jours, je m'attends à suivre des cours de gestion de groupe, de psychologie de l'enfant et de l'adolescent, de didactique, voire de self-défense. Il n'en est rien. Je suis des cours de chant, de théâtre, un module intitulé « enseigner en banlieue difficile » dont je suis aujourd'hui incapable de me rappeler un traître mot, j'assiste en spectateur à des cours en lycée et en prépare aussi avec un maître de stage au comportement un peu étrange (je suis mal à l'aise avec lui, j'ai l'impression qu'il me drague, heureusement ça ne dure que deux mois). Et sans doute d'autres choses encore... Je n'en retiendrai quasiment rien.

Ah si, je me rappelle une formatrice assez allumée, soixante-huitarde sur le retour, nous dispensant un cours de relaxation et nous répétant le plus sérieusement du monde : « Vous êtes entouré d'un rideau de lumière : l'insulte rebondit sur vous. Rien ne peut plus vous atteindre. Le rideau de lumière, pensez au rideau de lumière ! »

Chacun est tenu d'utiliser le jargon proprement délirant de l'IUFM, inventé par je-ne-sais-quel Thomas Diafoirus : on ne doit plus parler de « professeur » mais d'« animateur de classe », plus de « parent d'élèves » mais de « géniteur d'apprenant », plus de « ballon » mais de « référentiel bondissant ». Et gare à ceux qui sourient pendant qu'on nous assène avec le plus grand sérieux ces inepties !

Pour parachever ce travail de sape de l'école et empêcher la transmission du métier par les professeurs plus âgés, l'IUFM a en outre décidé de « décloisonner » l'enseignement du français. Plus question, sous peine d'être immédiatement excommunié, de répartir son cours en heures de lecture, de dictée, de poésie, etc., comme on l'a toujours fait auparavant. On doit maintenant découper son cours en séquences, elles-mêmes subdivisées en séances dédiées soit à l'orthographe, soit à la grammaire par exemple mais toujours en rapport avec le texte étudié en cours. Ce n'est pas clair pour vous ? Cela ne l'est pas plus pour nous... On aborde les questions orthographiques et grammaticales à doses homéopathiques et on s'interdit toute forme d'apprentissage par cœur. Quelle bonne idée, ce décloisonnement, quand on s'adresse à un public scolaire déjà totalement déstructuré ! Cette refonte du cours de français a un seul effet amusant : ce sont les professeurs expérimentés qui viennent demander aux stagiaires de leur expliquer la méthode prônée par l'IUFM, que chacun est désormais tenu d'appliquer sous la pression des inspecteurs académiques.

Le risque majeur, c'est l'émiettement des connaissances. On « saupoudre » un peu d'orthographe par là, un peu de stylistique par ci. Les élèves doués s'y retrouvent toujours et, s'ils ont acquis de solides bases à l'école primaire, le travail en séquence leur est sans aucun doute profitable. En revanche, quel mic-mac pour ceux (et ils sont nombreux) dont les connaissances ne sont pas fixées !

Le ministère a un outil très performant pour mesurer l'illettrisme : le test d'évaluation d'entrée en sixième que les enfants passent en français et en mathématiques. Les résultats de ce test sont édifiants. Autour de 30 % des élèves en France ne comprennent quasiment rien à ce qu'ils lisent. Un élève à qui je demande un jour de reformuler ce qu'il vient de lire à voix haute devant la classe me répond, scandalisé devant tant d'exigence : « Mais Madame, je ne peux pas lire et comprendre ce que ça veut dire en même temps ! » Murmures d'approbation parmi ses camarades.

Dans le cadre de cette formation dispensée par l'IUFM, je retrouve, chaque jeudi, un groupe constitué de dix professeurs-stagiaires parmi lesquels je me fais mes meilleurs amis, dont ma très chère Délie. Cinq d'entre nous démissionneront avant un an d'exercice véritable. Autour d'une formatrice plutôt efficace et compréhensive, nous préparons ensemble nos premiers cours. Mais surtout, nous nous racontons nos rocambolesques aventures en milieu collégien. Cela ne fait que quelques semaines que nous nous sommes jetés dans l'arène mais il y a déjà matière à rire ou à s'alarmer.

La formatrice sait bien ce que nous traversons. À aucun moment elle n'émet l'idée que cette situation n'est pas normale. Elle nous donne tout de même un numéro vert, sorte de « SOS profs battus », à composer en cas d'urgence. C'est le rectorat de l'académie de Créteil qui répond. Personne n'appelle jamais : on a trop peur de risquer de n'être pas titularisé.

Ça vous choque ?

Dialoguer avec les ados est extrêmement difficile. C'est la loi du silence qui règne. La loi de la cité.

Un après-midi, je reste après un cours discuter avec un élève qui a besoin de se confier. Nous parlons vingt minutes. Une fois l'entretien terminé, alors qu'il est sorti dans le couloir, j'entends des garçons lui demander :

« Qu'est-ce que tu lui parles à cette conne ?

– Ben quoi, faut bien que je la suce un peu… »

La « justice » des caïds a remplacé celle de l'établissement scolaire et une poignée d'élèves font régner la terreur. Comme le fait Hannibal, par exemple. Bien sûr, il est lui-même soumis à Mohammed, un élève de troisième, mais il est suffisamment craint dans le collège et ses alentours pour se faire obéir de la classe. Le meilleur moyen pour se faire respecter du caïd de la classe ? « Tester » le prof. C'est ainsi que je me vois répondre par Coulibaly, pourtant pas plus méchant qu'un autre, alors que je lui demande de me rendre un devoir: « C'est ça, suce-moi la bite! » Après le cours, désemparée, je me rends au bureau de la CPE qui me rétorque, visiblement amusée de ma candeur: « Oh! Ça te choque? »

Je m'aperçois vite que la sanction n'est pas une politique très suivie dans ce collège où, comme dans d'autres établissements que je fréquenterai plus tard, on préfère éluder les conflits que les régler. On ne veut pas entendre parler de problèmes, et d'ailleurs: « Des problèmes? Quels problèmes? Avec moi, aucun problème » me répondront les autres professeurs de ma cinquième. En salle des profs, rares sont ceux qui avouent sans détours leurs difficultés. Au niveau de la direction aussi, les troubles sont généralement étouffés. Mieux un chef d'établissement veut être noté, moins son établissement doit être connu comme étant le théâtre de conflits. On comprend bien alors l'empressement de certains à étouffer les affaires, à décrédibiliser les CPE ou les professeurs trop « sensibles ».

Karim se plaint souvent d'un père trop violent. Je tarde à accorder du crédit à ses dires car il est un peu filou et que c'est une excuse fréquemment employée par les élèves pour échapper à une punition: « Mettez pas un mot sur mon carnet, M'dame, mon père va m'jeter contre les murs! » Un soir, après la classe, il me raconte encore les coups et, cette fois, relève les deux jambes de son pantalon: il est couvert d'ecchymoses et de marques rouges. Affolée, je rédige immédiatement un rapport. Après l'avoir lu, le principal-adjoint l'envoie aux oubliettes, insinuant qu'étant enceinte, je suis sans doute trop émotive et me suis alarmée d'un rien.

L'année suivante, la mère de Karim quittera sans laisser d'adresse son mari et ses quatre fils. Le jeune garçon attirera enfin l'attention des services sociaux sur sa situation, en arrivant au collège avec les deux bras fracturés.

Sabordeurs de cours

Il existe des techniques très au point pour saborder un cours et mes premiers élèves les maîtrisent parfaitement : arriver en retard, poser d'incessantes questions, couper systématiquement la parole au professeur, créer des incidents dans la classe, etc.

Hannibal est imprévisible, Kevin et Sami sont ses acolytes dévoués, Cédric a choisi le rôle du clown pour ne pas endosser celui du cancre, Fanta et Dalila ne m'ont pas encore acceptée et chuchotent en me fixant, Coulibaly me « cherche » pour plaire à Hannibal, Rachid ne se rend pas compte que son agitation perpétuelle met les autres en ébullition, Jennifer et Jessica bavardent sans arrêt, Radija lit des *Harlequin* en classe et bougonne de sa grosse voix si on ose interrompre sa lecture, quant à Jordan, il ne cesse de rire ou de faire la chèvre, portant l'excitation de tout le monde à son comble. Quand vous n'arrivez plus à terminer une phrase et que votre raisonnement est continuellement interrompu, difficile de rester maître de soi. Vous bafouillez, vous vous répétez, vous finissez par crier pour vous faire entendre, et vous constatez à la mine réjouie des agitateurs que vous avez perdu la partie.

On se demande comment faisaient nos grands-pères dans des classes qui comptaient parfois jusqu'à cinquante élèves. Aujourd'hui, en plein règne de l'individualisme, l'élève est prêt à tout pour se distinguer du lot: vociférations, soupirs exaspérés, hurlements, etc. Il est rare qu'on lève la main pour demander la parole. Non, on s'exprime quand on en éprouve le désir, à tort et à travers. On pose une question et on n'écoute pas la réponse. On pose une autre question, plus fort, pendant que l'enseignant répond à un autre élève. On pose la même question que huit autres élèves avant soi. On écoute de la musique, on chante, on se lève, on se lance du matériel, on n'a jamais de feuille, ni de stylo d'ailleurs, on lit des magazines, on abandonne sous sa chaise en sortant le document distribué pendant le cours, on secoue son stylo à encre contre le mur pour vérifier qu'il marche bien. On envoie des textos, on met à charger son téléphone. On se retourne pour entamer une conversation à voix haute avec un camarade et on rétorque au professeur qui demande le silence: « Ok, ok! C'est pas à vous que j'parle! » Tous les prétextes sont bons pour se faire remarquer: on a fini et on en a assez d'attendre les autres, on juge que celui qui lit le fait mal, le cours n'est pas intéressant, on sait déjà ce que va dire le prof... Comme dans l'ensemble de la société, la frontière entre privé et public s'amenuise. Toutes les questions à l'adulte sont permises, de « Vous avez vos règles pour être aussi énervée ? » à « C'est vrai que Monsieur Coutet est pédé ? » On interrompt le cours pour demander à la prof si elle est mariée, si elle a des enfants et on s'offusque si elle refuse de répondre ou signale que ces questions sont déplacées et sans rapport avec la leçon.

Je revois Abdelkader, écroulé sur son bureau, la tête appuyée pesamment sur sa main, me fixant d'un air stupide et disant à haute voix : « Bla-bla-bla... »

Cet individualisme, renforcé par une éducation très permissive, se retrouve dans toutes les couches de la société. Mais elle est encore plus forte dans les milieux aisés où l'on est moins habitué à vivre dans une fratrie, dans une famille nombreuse, bref, dans une organisation sociale où son ego doit se mesurer à celui des autres. Un jour, je demande à une mère d'élève de venir me rencontrer au sujet de son fils, insupportable en cours. J'expose la situation à cette dame. Elle m'écoute sans mot dire, puis se tourne vers son fils : « Et quelle est ta version, Antonin ? » C'en est trop. Je me lève, en expliquant que j'ai moi aussi une famille et pas de temps à perdre à comparaître devant le tribunal des enfants. Surtout après mes heures de cours.

Certains parents se déchargent complètement de leurs responsabilités de peur d'entrer en conflit avec leurs enfants. Ils comptent sur l'école pour les éduquer et leur inculquer les règles les plus élémentaires de la vie en société. Mais ce sont les premiers à reprocher aux professeurs leur manque d'autorité tout en prenant systématiquement le parti de leurs enfants contre l'école. Comme si l'école était l'ennemi commun qui leur permettrait de se réconcilier avec leurs enfants. Comme si cette génération avait des comptes à régler avec une institution qui, à leurs yeux, n'a pas tenu ses promesses, n'a pas su leur garantir un emploi et la sécurité dans leur vie d'adultes.

Il est loin le temps où la parole de l'enseignant primait sur celle de l'enfant. Preuve en est ce professeur mis en garde à vue, puis poursuivi pour avoir giflé un fils de gendarme qui l'avait traité de « connard ». Réaction de bon sens d'une dame interrogée par un journaliste à la suite de cette triste affaire : « Si mon fils m'avait rapporté que son professeur l'avait giflé après une insulte de ce genre, il aurait commencé par s'en prendre une deuxième ! » Aujourd'hui, le risque de se faire traîner en justice est tellement grand qu'il est vivement conseillé aux enseignants de souscrire une assurance annuelle, « l'Autonome », qui leur garantit une assistance judiciaire en cas de problème (150 euros à chaque rentrée tout de même).

Les consignes sont strictes : on ne reste jamais seul(e) avec un élève dans une salle de classe, on ne raccompagne jamais un élève dans sa propre voiture, on ne prend jamais un élève en photo, même lors d'une sortie. L'élève le sait et en joue: « Madame, vous m'avez touché! J'vais porter plainte! » se met-il à glapir si vous avez osé le pousser un peu pour le faire entrer en cours. Ou : « Eh, M'sieur, vous êtes pédophile ou quoi ? » au prof d'EPS qui veut le rattraper. Les professeurs ne parent plus les élèves en gymnastique mais forment les autres jeunes de la classe à le faire.

Lorsqu'un de mes élèves « menace » de porter plainte contre moi, parce que je lui ai touché l'épaule pour le faire rentrer en classe par exemple, je lui réponds que nous irons ensemble au commissariat et qu'il pourra dire aux policiers que sa professeur de français le martyrise. Vu notre différence de taille (une vingtaine de centimètres en ma défaveur généralement), ça risque de les amuser.

L'élève finit toujours par se ranger à cet avis.

Häagen-Dazs

La pratique de l'oral est très chère au cœur des inspecteurs d'académie. Certains aimeraient même que l'on se dirige petit à petit vers un « tout à l'oral ». Mais cela est quasiment impossible : les élèves sont incapables de s'écouter et sont tous persuadés que participer au cours, c'est « collaborer avec le prof », « sucer le prof ». Lorsque l'enseignant pose une question et qu'un élève ose répondre, d'infâmes bruits de succion fusent de part et d'autre. Et l'élève qui a répondu de se faire traiter de « suceur » ou de « Häagen-Dazs ».

Élève de cinquième, Adrien vient au tableau sans rechigner et récite sa poésie. Au premier rang, Fanta et Aissa, d'origine africaine, se moquent de lui et s'esclaffent bruyamment : « T'as vu ? Les Français, quand ils sont gênés, ils deviennent tout rouges ! »

Pour un collégien d'aujourd'hui, lire à voix haute est une épreuve. Poser une question ou, pire, répondre à une question, une honte. Faire mine de s'intéresser au cours, une mise en danger.

La violence entre élèves est redoutable. Peu d'adultes supporteraient ce qu'endurent les élèves dans ces collèges où l'agressivité, les insultes, les menaces, les coups et les humiliations sont le lot commun. L'école d'aujourd'hui ne garantit plus la sécurité ni le bien-être de nos enfants. Et on a beau parler d'égalité des chances en haut lieu, qui s'intéresse vraiment à ce qui se passe dans les couloirs des établissements scolaires classés « difficiles » ? Qui ose décrire la situation telle qu'elle est réellement, et qui s'en préoccupe vraiment ? Quel sort est réservé à celui ou celle dont les parents n'ont pas les moyens de le mettre à l'abri dans une école privée ? On peut imaginer l'impact de cette violence quotidienne sur ses études et sur sa vie future. Comme le disent les élèves qu'on cherche à aider : « Qu'est-ce que vous pouvez, vous ? Vous habitez dans la cité ? Vous êtes là le week-end ? Vous êtes là pendant les vacances ? »

L'élève qui veut étudier sans attirer l'attention se cantonne à des 12/20, note suffisante pour réussir et assez modeste pour ne pas attiser la jalousie des caïds qui l'insulteraient et l'obligeraient à faire leurs devoirs à leur place. Certains refusent donc des bourses pourtant amplement méritées par crainte des représailles. Égalité des chances, vous disiez ?

Un duo inattendu

Malgré mes réponses évasives aux questions pressantes de mes cinquièmes, je suis vite démasquée comme étant « stagiaire » et, si certains en doutent encore, la visite de la première formatrice éclaire tous les élèves.

Cette dame, professeur expérimentée, fait semblant de ne rien remarquer du comportement des élèves mais concentre toute sa critique sur mon manque d'autorité : « Vous parlez trop, ça les énerve. Vous bougez trop, ça les excite, ils sentent que vous êtes mal à l'aise. Vous manquez d'assurance, posez-vous, montrez-leur que vous êtes légitime à votre place. Bref, ça ne va pas. »

Encourageant…

En partant, elle me confie cependant : « En vingt-six ans de carrière, je n'avais jamais vu une classe aussi difficile. Pensez à vous surtout. »

C'est gentil mais ça ne m'aide pas vraiment. Nous sommes en décembre et j'ai encore deux trimestres à tenir. C'est alors que je décide d'unir mes maigres forces avec celles du professeur d'arts plastiques, stagiaire comme moi et en butte aux mêmes difficultés. Nous montons un petit projet pédagogique autour du théâtre et la principale du collège, compréhensive, nous autorise à faire cours deux heures ensemble chaque semaine. Nous nous retrouvons donc à deux devant nos terribles cinquièmes 5 et d'un coup, ça va mieux. Les élèves construisent un petit théâtre à l'italienne, puis représentent les personnages du *Médecin malgré lui*, pièce de Molière que nous étudions en cours de français. Ils semblent être enfin concentrés sur ce projet et nous nous regardons enseigner et agir avec eux. Nous nous épaulons, nous donnons des conseils et progressons ensemble dans l'art délicat de la pédagogie. Je me sens soudain plus heureuse de faire ce métier.

En réalité, ce n'est pas à proprement parler ma première expérience d'enseignement. J'ai en effet eu l'occasion de faire classe un an au Maroc, l'année qui a suivi ma réussite au CAPES. Ouvert alors depuis un an, cet établissement accueille uniquement des enfants marocains. J'ai une classe de sixième composée de six petits enfants adorables et une classe de seconde qui compte, elle, une vingtaine de garçons et de filles motivés par l'idée de décrocher un baccalauréat français afin de partir ensuite étudier en France ou, mieux, au Canada. Les petits sixièmes récitent avec grand sérieux les *Fables* de La Fontaine et rédigent ainsi mon portrait à l'occasion d'une rédaction : « Elle a les yeux bleus, les cheveux jaunes et elle nous parle avec une voix d'oiseau. »

Dans ce petit lycée, je suis pilotée par un professeur agrégé de lettres âgé d'une soixantaine d'années, remarié avec une Marocaine et grand amoureux de son pays d'adoption. Il me transmet sa passion d'enseigner, son plaisir de partager la connaissance avec de jeunes esprits et son bonheur d'être constamment sur le chemin du savoir. C'est un professeur d'un autre temps, héritier des années 1970, de la décontraction et de la joie de vivre de ces années-là. C'est lui qui m'apprend comment parler du texte de Montesquieu « De l'esclavage des nègres » à une classe de jeunes Marocains, c'est lui qui me montre qu'on peut faire pleurer une classe d'adolescents blasés avec « L'affiche rouge » d'Aragon et c'est lui encore qui m'enseigne l'indulgence devant les excès maladroits de l'adolescence.

De cette expérience marocaine me restera une arme précieuse : je sais comment dire « tais-toi ! » et deux ou trois autres expressions en arabe dialectal, répliques qui me seront très souvent utiles pour couper court à certains échanges houleux avec des élèves. Savoir asséner un « *Skout* ! » efficace a généralement pour effet de faire cesser immédiatement toute tentative de vous insulter en arabe. Et si jamais vous le parliez vraiment ? Et si jamais ceux qui prétendent le parler dans la classe ne le maniaient pas si bien ?

Jeunes professeurs en danger

Mi-janvier, j'accueille dans ma classe la deuxième visiteuse. Celle-ci est indignée qu'on ait confié à une stagiaire une classe aussi difficile. Elle trouve le collège mal tenu et déprimant, les salles de classes angoissantes – plafonds bas, fenêtres étroites et murs peints en bleu marine – et la direction irresponsable. Elle a le courage de le dire dans son entretien avec la principale (qui s'en moque complètement) et d'en référer à l'IUFM immédiatement. Elle conclut son rapport par un « jeune professeur en danger » en rouge et souligné trois fois !

De l'aide va bien venir, mais pas exactement sous la forme espérée…

Je ne dois pas être la seule à être un « jeune professeur en danger » cette année-là dans l'académie de Créteil car nous sommes une bonne trentaine à être instamment priés de participer à un groupe de reprise en main. Ce groupe, qui s'appelle très ironiquement « Motiver », a lieu de janvier à mars à Drancy, charmante bourgade s'il en est, le soir après la journée de cours, de 17 à 19 heures ; il est animé par un formateur IUFM qui semble lui-même en bout de course.

Ce groupe est censé redonner de l'allant aux stagiaires démotivés, c'est en fait le bureau des pleurs. Chacun y va de sa petite histoire, de la persécution ordinaire à la véritable crise de vocation. On voit déjà que certains n'iront pas au bout de la carrière ou même au bout de l'année. Pour ma part, je n'ai pas jamais eu de réelle vocation. Mais quelle souffrance pour ceux qui se sont fantasmés maîtres dans leur classe, enseignants écoutés, si ce n'est respectés, voire aimés de leurs élèves.

Au milieu de cette galerie de portraits affligés, je rencontre celui qui va devenir mon meilleur ami, Pierre-Louis. Comme moi, ce garçon en est arrivé logiquement à passer le CAPES mais ne s'est jamais vraiment senti « appelé » à l'enseignement. Comme moi, il n'est pas déçu par un projet professionnel qu'il aurait idéalisé mais plutôt atterré par l'état de misère de l'École publique. Le temps n'est pourtant pas si loin où nous étions nous-mêmes assis sur les bancs du collège. Il est vrai que nous étions tous deux scolarisés dans des établissements bourgeois de centre-ville en province. Mais quelle dégradation en l'espace de si peu d'années ! Que s'est-il passé ? Et le rectorat qui fait comme si tout cela était parfaitement normal ! Si on nous formait pour affronter ces difficultés, en les reconnaissant et en nous aidant à les surmonter, cela serait sans doute moins dur. Mais ce silence, cet aveuglement et ce manque de scrupule total à nommer dans les collèges les plus redoutables de France les gens les plus inexpérimentés, voilà le plus incompréhensible à nos yeux.

À aucun moment le formateur du groupe « Motiver » n'évoque la question des élèves, l'incapacité de certains d'entre eux à s'adapter scolairement et socialement, leur violence et la légitimité de leur place au collège. À aucun moment non plus n'est remise en cause la pertinence d'envoyer des stagiaires inexpérimentés dans des établissements aussi éprouvants. Il fait comme si le problème venait de nous. Et il n'est pas conseillé de contester cet angle de vue si on compte obtenir sa titularisation à la fin de l'année.

L'Éducation nationale n'est d'ailleurs pas le seul ministère à envoyer au casse-pipe ses jeunes recrues. Les professeurs côtoient des policiers, des gendarmes, des pompiers généralement pas plus âgés qu'eux. L'État envoie dans ces zones de non-droit des professionnels qui ont tous moins de 30 ans. De jeunes adultes dont c'est le premier poste pour canaliser des adolescents survoltés, il fallait y penser ! Mais quel fonctionnaire expérimenté accepterait de telles conditions de travail ? On comprend que les anciens cèdent la place à des débutants qui n'ont d'autre choix que d'affronter cette réalité pour un maigre premier salaire de fonctionnaire. Si l'on veut des gens d'expérience sur le terrain, peut-être faudrait-il commencer par leur offrir une rétribution décente, à la mesure des risques encourus ?

Avant la fin du mois d'avril, je dois rédiger et remettre au rectorat mon mémoire de fin de stage. Ce mémoire doit comporter une trentaine de pages et traiter de sujets aussi passionnants que « Comment travailler avec sa classe à l'oral » ou « Étude et pratique du complément circonstanciel en cinquième ». Je choisis, quant à moi, de parler de ma classe, la vraie, et de mes difficultés dans un mémoire intitulé, sans grande originalité : *La Loi de la cité*. Sans polémique inutile (je joue là ma titularisation et ne souhaite en aucun cas revivre cette éprouvante formation en redoublant), j'évoque les histoires souvent douloureuses de mes élèves et raconte le travail mené bon gré mal gré au cours de l'année scolaire.

Mi-mai, je me présente à la soutenance de mon mémoire un peu inquiète. Mon choix me paraît tout de même risqué… Le jury est emballé ! On parle même de l'éventualité de me publier avec les mémoires les plus intéressants de la promotion. Cette proposition restera sans suite. Je me doute du refus catégorique du rectorat de Créteil de publier pareil « brûlot ». Pas question de laisser éditer un tel état des lieux de l'académie.

Première mutation

Je suis titularisée au terme de mon année de stage. L'IUFM a considéré que j'avais les qualités professionnelles requises pour devenir professeur à part entière et pour entrer dans la carrière. Plus de formation, désormais je dois assurer les dix-huit heures de cours hebdomadaires exigées par mon statut de professeur certifié.
À moi les affres de la mutation. En principe, le stagiaire néotitularisé peut faire plusieurs choix de postes et d'académies. En pratique, il se retrouvera dans l'académie de Créteil. Ce n'est pas avec les malheureux 21 points qu'on lui octroie qu'il pourrait prétendre au moindre choix. Et les 50 points de bonification pour les sortants de l'IUFM n'y changeront rien. Cette bonification ne sert strictement à rien, sauf à compliquer le calcul de ses points. Ou à embobiner les plus crédules qui pensent ainsi échapper au « front ».

C'est le temps des grandes cartes de la région parisienne déployées où l'on évalue en termes de distances et de moyens de transport les postes que l'on peut raisonnablement obtenir. Il y a les kamikazes qui optent directement pour un collège ZEP (Zone d'éducation prioritaire) du 93, espérant ainsi en sortir plus vite, et les angoissés qui, ayant assimilé qu'il ne sera pas question de Paris avant plusieurs années, sont prêts à avaler des kilomètres pour échapper à ce même 93.

Je me trouve dans cette dernière catégorie.

Je risque le pari des kilomètres, je vais être servie.

À la rentrée 2000, je suis nommée en première affectation dans un collège ZEP de Chelles, dans le département de la Seine-et-Marne (77). Je prends le métro jusqu'à la gare de l'Est, puis un train de banlieue jusqu'à la gare de Chelles-Gournay, enfin un bus jusqu'au collège. Il faut compter, si métro, train et bus s'enchaînent correctement, environ deux heures de transport pour s'y rendre. Et donc deux pour en revenir. Soit quatre heures par jour. Lever à 5 heures 30, départ à 6 heures de la maison pour être devant les élèves à 8 h 20. Le manège va durer trois ans. Seul point positif, je me forge une réputation de « warrior » parmi les élèves, toujours fatigués à la première heure de cours :

« Commencez pas à me saouler, M'dame, j'suis déchiré…

– Tu sais à quelle heure je me suis levée, moi ? »

On me demande souvent pourquoi je n'emménage pas plus près de mon travail. Mais au cours de ces trois années, je conserve le statut précaire de TZR (remplaçante à l'année). Le rectorat de Créteil peut donc me changer d'affectation à chaque rentrée. Difficile d'imposer à son conjoint un déménagement aussi aléatoire.

Je me donne un mois d'observation avant de prendre une décision. S'il s'avère que ce nouveau collège ressemble à celui où j'ai effectué mon stage, je présenterai sans aucune hésitation ma démission à l'Éducation nationale. Je suis bien décidée à ne pas revivre une année aussi stressante et à mettre à profit mes longues études dans un emploi plus valorisant et, surtout, moins désespérant.

Mon amie Délie, pourtant bien plus motivée que moi au départ, est nommée dans le 77 aussi, à Mitry-Mory. Elle tient trois semaines avant de présenter sa démission. Ses cordes vocales ont lâché… Ça me mine le moral.

Mais, contre toute attente, je persévère.

Il se trouve que je suis très bien accueillie dans mon nouveau collège : proviseur expérimentée et chaleureuse, conseiller principal d'éducation jeune et dynamique, équipe de professeurs soudée et solidaire, composée de jeunes enjoués et d'anciens bienveillants, détendus et de bons conseils. Dès le début, on me propose, à moi comme aux quelques autres « Parisiens », de venir me chercher le matin à la gare RER et de m'y reconduire le soir, chaque fois que c'est possible, me faisant gagner ainsi une précieuse demi-heure de trajet. La professeur qui chapeaute l'équipe de lettres, Frédérique, n'a pas 30 ans et je l'ai connue à la Sorbonne. Je suis heureuse de la retrouver, elle est souriante et attentionnée, ça me réconforte.

L'entraide est de mise : on fait cours les portes ouvertes, prêt à intervenir dans la classe du voisin s'il arrive quelque chose, on se soulage de temps en temps des élèves les plus pénibles, on ne se cache rien et on s'amuse bien. Je découvre qu'imiter les élèves en salle des profs constitue une excellente thérapie. Nous nous rejouons le soir les scènes les plus marquantes de la journée. Je deviens incollable sur les expressions et l'accent de la cité. Le groupe de jeunes professeurs que nous formons est sûrement un peu turbulent mais nous sommes enthousiastes et dynamiques, et Mme Lavigne, la principale, nous couve d'un regard amusé. Il vaut mieux parce que les ados de la cité des Coudreaux ne sont pas toujours conciliants…

Le collège est neuf, de petite taille (moins de 500 élèves) et le nombre d'élèves par classe est cette fois conforme à la législation concernant les ZEP : vingt-quatre élèves au plus. Il y a certes des élèves difficiles mais tous les adultes connaissent chaque adolescent par son prénom et font bloc en cas de problème.

C'est au cours de ces trois années que je mets au point la technique dite « de la clenche » : en cas de débordement, mettre l'élève concerné dans le couloir cinq minutes pour qu'il se calme en lui demandant de tenir la clenche de la porte vers le bas pour s'assurer qu'il n'est pas parti. « Hé, c'est trop fort, Madame, cette technique ! Vous avez fait le Vietnam ou quoi ? » Évidemment, cela ne marche pas avec des poignées rondes…

Je me rends compte aussi qu'une bonne partie des élèves ne note jamais le travail à faire. Je trouve une solution que je continue d'appliquer aujourd'hui quand c'est nécessaire : se poster près de la porte et signer chaque agenda de chaque élève avant qu'il sorte de la classe. Fastidieux mais efficace.

« Vous êtes une star ratée, M'dame, vous auriez voulu signer des autographes. »

Ça doit être ça…

Un chevalier servant

En cette rentrée 2000, je suis professeur principal d'une classe de sixième classique, avec de bons élèves et des moins bons, quelques agités mais plutôt sympathiques dans l'ensemble. Ces sixièmes découvrent le collège comme moi, ils ont l'air de m'apprécier et je découvre avec eux le plaisir de la relation particulière qui existe toujours entre une classe et son professeur principal. Cette année me fait du bien. J'ai également en charge une autre classe de sixième qui ne présente pas de difficulté particulière, une classe de quatrième plus remuante, elle, et je dois assurer deux heures de soutien hebdomadaires pour les sixièmes.

Après la première journée, dans le bus qui me ramène à la gare, je me fais chahuter par des élèves qui hurlent mon nom suivi de noms d'oiseaux. Difficile d'intervenir sans se discréditer quand vous êtes seule, en dehors de l'établissement scolaire, face à une vingtaine de gamins surexcités et dont vous ne connaissez pas le nom. Un de mes élèves de sixième, un peu plus âgé que les autres, me sauve la mise en faisant taire ses camarades par un retentissant « Mais taisez-vous, putain, vous savez pas vous tenir ou quoi ? » Puis, se tournant vers moi avec un sourire enjôleur : « Excusez-les, Madame, c'est des sauvages. » J'en saurai toujours gré à Kader, me montrant plus indulgente avec lui en souvenir de ce premier jour de classe. Ce n'est pas rien de prendre la défense de la prof devant les autres. Ceci dit, je me rendrai compte plus tard qu'un élève peut avoir passé une heure à vous harceler en cours mais n'hésitera pas à intervenir si jamais vous êtes importunée dans le bus ou le RER. Si les élèves se croient autorisés à vous malmener en classe, ils se montrent, dans la très grande majorité des cas, beaucoup plus gentils et sympathiques une fois sortis du cadre scolaire. Ils savent aussi que vous ne possédez pas tous les codes de la cité et veillent sans en avoir l'air à ce qu'il ne vous arrive rien. Une de mes amies, professeur de français également, sort un soir assez tard d'un restaurant à Paris et croise trois de ses élèves. Il est deux heures du matin, en pleine semaine. Les garçons, âgés de 14 ans, et qu'elle est surprise de voir dans la rue, la grondent : « Mais Madame ! Qu'est-ce que vous faites là, toute seule, si tard ? C'est pas prudent ! Venez, on va vous trouver un taxi… »

La commune de Chelles est coupée de Paris et l'ambiance s'en ressent. C'est beaucoup plus calme qu'en Seine-Saint-Denis, pourtant à un jet de pierre. Quand je rentre en voiture à Paris, je passe souvent dans Clichy-sous-Bois, devant un collège de sinistre réputation. Au feu, devant l'établissement, il est conseillé de ne pas s'arrêter. Dans cette zone de HLM, tout est dévasté : poubelles éventrées, vitres des rez-de-chaussée explosées, murs tagués, ordures jetées par les fenêtres. On dirait qu'une guerre a eu lieu… Pas étonnant que cette cité ait été la première à s'enflammer lors des émeutes de 2005.

Dans le quartier qui avoisine le collège où j'enseigne vit une grande communauté kabyle. Dans les années 1990, la guerre civile a fait des ravages en Algérie et particulièrement en Kabylie où des atrocités ont été perpétrées. Beaucoup de ces familles ont trouvé refuge ici et sont reconnaissantes à l'État français de les avoir sauvées des massacres. C'est peut-être une des raisons pour lesquelles l'atmosphère est bien plus agréable que dans mon collège précédent. On se traite aussi de « sale Français » dans la cour de récréation, mais moins qu'ailleurs. Tout le monde se connaît, c'est une ambiance de village, avec les grands-pères qui sortent le matin en burnous. Certains adolescents sont difficiles mais il y a autour d'eux un tissu familial et social fort qui permet souvent de régler les problèmes avant que cela ne sorte du collège. Quand un élève se montre rétif à toute discipline, on appelle les parents et c'est souvent la famille entière qui se déplace. On parle beaucoup, l'ado sent que tout le monde est préoccupé par son attitude. Le tissu associatif est aussi très développé, on travaille avec les éducateurs de la mairie, on finit par connaître très bien les enfants et leur milieu. Le « coach » de l'équipe de foot s'en mêle parfois et l'élève file droit, par peur d'être interdit de jouer. Il comprend que l'école n'est pas coupée de la vraie vie et qu'il ne peut pas se comporter n'importe comment sans que ça se sache. On rencontre les familles et les éducateurs dans le bus, on discute, on lie des amitiés.

Pour autant, cela reste un collège de banlieue avec ses difficultés. Le quotidien est émaillé d'incidents plus ou moins graves : bâtiment barbouillé la nuit d'insultes racistes écrites sur les murs à l'encontre d'une professeur noire, tags antisémites, élève de quatrième arrivant sur le parking réservé au personnel dans une voiture volée, véhicule de la proviseur incendié plusieurs fois, bus amenant au collège caillassé, bagarres… On peut s'en scandaliser mais c'est l'ordinaire de beaucoup de ces villes de banlieue où parents et professeurs s'efforcent de juguler la violence par le dialogue et la coopération.

J'suis pas une balance !

Le secteur étant classé « zone priorité violence », principalement à cause de sa proximité avec Montfermeil, la police entretient un partenariat étroit avec les lycées et collèges afin d'essayer d'instaurer des relations plus sereines entre jeunes et policiers. Deux jeunes officiers de police viennent donc dans ma classe se présenter et faire un petit exposé sur leur métier. Arrive le moment des questions. Tous les élèves se tiennent bras croisés, silencieux. L'ambiance est pesante. Eux d'habitude si bavards et agités ! J'insiste, leur demande de réagir, mal à l'aise devant leur attitude butée. Réponse d'une blondinette : « J'suis pas une balance, j'parle pas aux flics ! »

Beaucoup des élèves du collège ont déjà eu maille à partir avec la police et certains même ont de la famille en prison. Un matin, trouvant que la moitié de mes sixièmes a l'air particulièrement endormie, je leur demande à quelle heure ils se sont couchés. Rires dans la classe : « Hier, on s'est couchés à 4 heures du mat', on a tous fêté la sortie de centrale de Boualem, le frère à Abdel ! » Les sorties de prison donnent lieu à de grandes fêtes dans la cité. Ces rapports houleux avec la justice doivent sûrement occasionner aussi de grands chagrins, mais on n'en parle pas.

Décembre arrive et mes sixièmes ont quelque chose à me dire.

« Madame, bientôt c'est Noël et comme on vous aime bien, on voudrait vous faire un cadeau. Ça vous dirait un lecteur de DVD ? »

Nous sommes en 2000, je n'ai pas de lecteur de DVD et cette proposition alléchante émane des délégués de la sixième dont je suis la professeur principale. Je décline l'offre aimablement.

« Mais Madame, c'est du bon matos, tombé d'un camion. Ma mère a le même, elle en est très contente ! »

Sorties scolaires

Au collège Camille-Corot, ma première « vraie » affectation, je suis initiée aux joies de la sortie scolaire. C'est à la fois toujours une corvée et en même temps le meilleur moyen de forger des liens forts avec ses élèves.

J'organise une sortie au Salon du livre jeunesse à Montreuil avec une classe de sixième. La visite est assez éprouvante, il y a beaucoup de monde, il fait très chaud et je suis paniquée à l'idée d'égarer un de mes élèves qui s'ébattent joyeusement un peu partout, très à l'aise.

Nous arrivons à un stand de livres odorants : on frotte le papier et une odeur se dégage. Sur place, une petite classe bien disciplinée d'un établissement visiblement plus classique que le nôtre regarde les livres sur l'étal. Marie-Colombe fait sentir à Pauline l'image d'un brin de basilic. Arrivée tonitruante de mes élèves, le livre change rapidement de mains.

Malik trouve l'image d'une poubelle, la frotte et hurle : « Hé, Foued, c'est l'odeur de la chatte à ta sœur ! » Échange d'insultes fleuries, bagarre sous les vociférations de la classe, rigolade générale. Deux dames, responsables du stand, se récrient : « Mais, enfin, à qui sont ces élèves ? » Je trouve à point nommé un pilier pour me cacher…

Plus tard dans le bus, bien fatiguée, je regarde mes élèves hilares. Bilan de la visite : « On a bien rigolé ! C'était trop bien le salon du livre, on y retournera, hein, M'dame ? »

L'année suivante, avec Sandrine, une autre jeune collègue, je participe avec deux classes de cinquième au projet Collège au cinéma. Il s'agit d'emmener les élèves voir quatre films durant l'année scolaire choisis auparavant par l'Éducation nationale dans une vraie salle de cinéma et en version originale…

L'aventure commence dès le car scolaire. L'expérience aidant, dans un rituel bien huilé, l'une d'entre nous prend tout de suite le micro afin de lister les comportements qui seront sanctionnés :

« Il est interdit de :

– boire et jeter à travers la salle des bouteilles en plastique ;

– manger ;

– laisser des détritus par terre ;

– cracher ;

– aller fumer dans les toilettes ;

– perturber la séance par des cris, des rires

hystériques, des grognements d'animaux ou des bagarres ;

– provoquer ou faire peur aux éventuelles autres classes présentes ;

– s'insulter, se traiter de “petit bâtard de sa race” ou de toute autre injure, surtout celles visant les familles. »

Quiconque a déjà enseigné en banlieue saura de quoi il retourne. Le conducteur du car a beau rouler des yeux comme des billes ou au contraire se mettre à ricaner, jamais nous n'oublions de dérouler cette liste avant d'arriver à destination. Les trajets en bus sont l'occasion de discussions animées et de franches rigolades, à condition pour les professeurs de rester debout dans le couloir central, prêts à intervenir.

Une fois dans la salle, nous laissons d'abord les élèves s'installer où ils veulent pour éviter un conflit frontal puis nous choisissons des places stratégiques, en ayant soin de s'entourer des plus agités. Il faut décider vite car, une fois les lumières éteintes, il devient alors bien compliqué de faire régner l'ordre.

Les versions sous-titrées présentent souvent un problème pour ces élèves peu habitués à lire, ou même pour certains, complètement incapables de les déchiffrer. Ils râlent beaucoup en début de film puis finissent par s'y faire. Ou par s'endormir ? À part quelques séances houleuses, ces sorties au cinéma se déroulent assez calmement dans l'ensemble. Les élèves sont contents de faire quelque chose de différent et ont, au fond, à cœur de ne pas nous faire regretter ces sorties. Sans compter qu'ils n'ont pas tous l'occasion d'aller au cinéma.

En tout cas, ils sont toujours heureux de sortir un peu du collège et de rater au passage quelques heures de cours. Pour les professeurs, c'est aussi intéressant de voir comment se comportent les élèves en dehors de la classe. Les mignons peuvent s'avérer de véritables pestes en sortie tandis que les gros durs seront parfois les seuls à venir vous dire merci à la fin de la journée.

Une des meilleures séances de Collège au cinéma pour moi reste la projection du film *Le Gône du Chaâba*, tiré du livre autobiographique d'Azouz Begag. L'histoire de l'ascension sociale grâce à l'école de ce petit garçon algérien vivant dans un bidonville près de Lyon parle beaucoup aux élèves et nous laisse à tous un souvenir durable. Ça leur plaît d'entendre parler l'arabe dialectal et ils ont tous les codes pour comprendre la vie du héros, ils rient de bon cœur devant les scènes quotidiennes et ils se sentent fiers : Monsieur Begag est devenu ministre de la République !

Nous rentrons épuisées de ces séances, mais ramenons au collège des élèves souriants. L'un d'eux s'approche de moi : « Il faut avoir le bac pour être ministre ? »

Les réunions parents-profs

Parmi les grands moments de l'année, il y a les réunions parents-profs. En règle générale, il y en a une à chaque fin de trimestre et elle permet aux professeurs principaux de remettre le bulletin de l'élève en mains propres à sa famille. Ce qui évite les disparitions de bulletins dans les boîtes aux lettres… À Chelles, cela prend des allures de kermesse. Chaque élève se fait accompagner de sa famille au grand complet, d'autant plus volontiers que certaines de ces réunions ont lieu le samedi matin.

« Chaïma, j'ai vu ta mère hier soir à la réunion parents-profs. Ce n'est pas très gentil de la laisser toute seule : l'un de vous aurait pu venir pour m'aider à traduire. Nous avons eu du mal à nous comprendre ! »

Rire de l'intéressée : « Ah, mais c'est pas ma mère que vous avez vue, c'est ma grand-mère.

Elle parle pas le français. Comme il y avait trop de monde, on a fait chacun une file d'attente et vous, vous êtes tombée sur ma grand-mère! » Intéressant...

Cette situation se présente fréquemment. Ces vieilles dames ne parlent que l'arabe dialectal mais comprennent généralement quelques mots de français simples comme « ça va » ou « ça ne va pas ». Si je dis: « Touffik, ça ne va pas », il arrive que la grand-mère fasse tournoyer sa main devant mon visage d'un air très courroucé en lançant en arabe des imprécations qui semblent peu amènes. J'adopte donc rapidement la ligne de conduite suivante: en cas de barrière de langue infranchissable, je me contente d'un « Touffik, ça va. »

Stéphanie, élève d'origine vietnamienne, arrive avec sa mère. Je lui explique d'abord que sa fille Kim se fait appeler Stéphanie à l'école. En effet, beaucoup d'élèves asiatiques se choisissent un prénom français pour leur scolarité et leur vie professionnelle future. Mais leurs parents ne le savent pas toujours, ce qui peut occasionner des quiproquos. Je clarifie ce point – pas de réaction – puis je demande à Stéphanie de traduire à sa mère ce que je vais dire:

« Stéphanie ne se conduit pas comme il faudrait, elle répond aux professeurs, elle bavarde et ses devoirs ne sont pas toujours faits sérieusement. Du coup, les résultats pour ce trimestre sont en très nette baisse. »

Stéphanie traduit. Sa mère joint les mains et incline à plusieurs reprises la tête dans ma direction. Je regarde Stéphanie l'air interloqué. Sourire angélique de la petite…

Gaylord est un élève très difficile. Frondeur, buté et grossier, il rend les heures de cours pénibles dans sa classe de sixième. Entrée fracassante de sa mère, une grande femme à la coupe masculine :

« Je sais déjà ce que vous allez me dire : il est chiant ! C'est comme ça depuis la petite école. Et je vais vous dire, ça sert à rien de m'faire venir, j'peux rien pour vous. Le père à Gaylord et moi, on peut pas l'aider, on a jamais été très forts pour les études, alors lui… »

Et d'ailleurs : « Eh, Gaylord, ça fait combien de temps qu'on l'a pas vu, ta saloperie de père ? »

« Bonjour, Madame. J'suis le grand frère à Sami. C'est moi qui viens parce que mes parents sont âgés et ils ne comprennent pas bien le français. »

Je parle avec lui du travail de son petit frère et lui explique longuement comment il pourrait l'aider à progresser. Fin de l'entretien. Clin d'œil du jeune homme : « Il a raison, le petit. Vous êtes très charmante ! »

Après deux longs mois à supporter les bêtises et les insolences à répétition de Yassine, je me promets de profiter de la réunion parents-profs pour raconter à son père dans le détail comment il se tient en classe.

Yassine arrive, accompagné de son père, un bel homme déjà âgé, au regard d'un bleu glacier. Je m'aperçois vite qu'il ne parle pas bien le français et qu'il se sent humilié d'entendre les professeurs se plaindre de son fils. Ouvrier dans le bâtiment, il a des mains comme des battoirs. Yassine s'assoit, tremblant, à ses côtés. C'est fou comme il a l'air plus petit et moins fanfaron dans cette situation ! Impressionnée par la stature du père, je dépeins un tableau un peu moins chargé que prévu et propose des solutions pour rattraper les mauvaises notes du trimestre. Reconnaissance vibrante dans les yeux du gamin.

Après cette entrevue, Yassine n'a plus jamais posé de problèmes.

Christophe veut faire du latin. Il entre dans ma salle avec son père, un grand baraqué, visiblement très remonté contre moi : « Quoi ? Qu'est-ce que j'apprends ? Mon fils veut faire du latin ? C'est vous qui lui avez mis ça dans le crâne ? Chez nous, on est routier ! J'suis routier, mon frère est routier, mon beau-frère est routier et le p'tit s'ra aussi routier ! À la maison, on n'a pas un bouquin, pas ça (il fait claquer l'ongle de son pouce sur son incisive). Même l'annuaire, on l'a pas ! Et lui qui n'arrête pas de lire… J'lui dis : "Mais arrête donc d'lire ! Viens donc regarder la télé en famille !" Et que j'te cours à la bibliothèque, et que j'te fais mes devoirs pendant des heures… Bon, ça va bien comme ça, le latin, c'est non ! »

Regard résigné du gamin, l'air de dire: « Je vous avais bien dit que ça ne servait à rien de le voir... » Mais je tiens bon et explique au père que les heures de latin ont lieu en fin d'après-midi et n'alourdiront pas exagérément l'emploi du temps du garçon.

Christophe fera du latin en cinquième.

Rosa, rosa, rosam…

En sixième, beaucoup de nos élèves sont d'origine algérienne. Les professeurs d'histoire et de français mettent l'accent sur l'étude de l'Antiquité, comme l'exigent les programmes, mais aussi pour insister sur l'importance du berceau civilisationnel commun de l'Empire romain et du bassin méditerranéen.

Passant en cinquième, ils sont du coup très nombreux à vouloir commencer le latin. Nous sommes ravis de cet enthousiasme mais, sachant que le rectorat ne nous octroiera pas de professeur de lettres classiques supplémentaire, nous décidons de mettre à contribution ceux d'entre nous qui ont pratiqué cette langue durant leurs études. J'en suis, ayant fait une hypokhâgne et une khâgne classiques latin et grec, et deviens donc le temps d'une année professeur de latin.

Nous savons que nos petits latinistes se dirigeront rarement vers des études de lettres, donc nous allégeons les cours, les rendant le plus possible plaisants. Notre but est de leur transmettre le goût d'apprendre et de s'intéresser à des matières *a priori* un peu austères, pas d'en faire de futurs agrégés de lettres classiques. Nous travaillons essentiellement sur la civilisation latine mais ne faisons pas pour autant l'impasse sur l'étude de la langue elle-même.

Or l'apprentissage du latin est parfois fastidieux… Il faut apprendre par cœur, ce qui rebute beaucoup mes élèves. Certains ont du mal avec les cas, pas seulement avec les déclinaisons en elles-mêmes mais déjà avec le nom des cas. Ils disent « ginitif » au lieu de « génitif » ou « abdellatif » pour « ablatif ». Et de plus belle quand ils voient que cela me fait rire.

Les notes données sont toujours encourageantes et puis Harry Potter vient à notre rescousse : quel bonheur de comprendre les formules magiques lancées par l'apprenti sorcier et ses amis ! Quelle joie d'épater les autres dans la cour de récré !

Nous travaillons beaucoup sur des cartes géographiques et sur les sites archéologiques majestueux répartis sur tout le pourtour méditerranéen : le Sud de la France, le Maroc, l'Algérie, la Tunisie, la Libye… L'Antiquité comme un pont jeté entre les deux rives de la Méditerranée.

À nous deux, Paris !

Trois années à Chelles et un premier bébé plus tard, je décroche enfin ma mutation dans l'académie de Paris. Le département 77 n'étant pas limitrophe du 75, je bénéficie de points de rapprochement de conjoint et obtiens ainsi ce que d'autres mettent plus de dix ans à avoir : l'affectation tant espérée à Paris *intra-muros*. Je suis triste de quitter Camille-Corot, mes élèves en fin de compte si attachants et mes collègues qui sont tous devenus des amis. Mais je me réjouis à l'idée de ne plus avoir ces heures de transport en commun. Je pars en vacances souriante, forte de cette promesse d'une vie plus facile.

J'assiste, nostalgique déjà, à ma dernière fête de fin d'année du collège de Chelles. L'été est là, l'ambiance est détendue, les élèves savent que je serai dans un autre établissement à la rentrée suivante et certains promettent de venir me voir. L'un d'entre eux, Touffik, finaud, me demande combien je gagne, je lui réponds. Il me regarde, consterné : « Faut pas rester, Madame, la vérité, ils se foutent de votre gueule ! Un boulot aussi dur mal payé comme ça, c'est de l'arnaque. J'veux pas vous décourager mais c'est ce que gagne mon frère par semaine en vendant du teuteu. Et encore, c'est un p'tit business qu'il a… »

Depuis 1998 et le décret Allègre, il est devenu périlleux de demander une mutation. Jusque-là, vous demandiez un établissement dans lequel vous souhaitiez exercer et si votre vœu de mutation n'était pas exaucé, vous conserviez votre poste. Maintenant, les mutations s'opèrent en deux temps. Vous devez tout d'abord demander une académie au mois de novembre. Ensuite, si vous êtes nommé dans cette nouvelle académie, vous choisissez un poste ou une ville au mois d'avril. Mais si cette seconde demande n'est pas acceptée, vous pouvez être nommé n'importe où dans l'académie obtenue sans pouvoir conserver le poste que vous occupiez jusqu'alors. Du coup, les professeurs hésitent beaucoup à demander une mutation de peur de se retrouver dans un poste non désiré, il y a très peu de mouvements et les espoirs de se voir nommer dans un établissement moins difficile s'amenuisent. Il est quasiment impossible pour un jeune professeur nommé en région parisienne de retrouver son académie d'origine. Pour les plus chanceux, il faut attendre de nombreuses années.

J'apprends quelques jours avant la rentrée de septembre 2003 mon affectation dans un

collège du XIXe arrondissement, dont je n'ai jamais entendu parler, près de la station de métro Ourcq. Je me dis que ça ne pourra pas être plus dur qu'à Chelles et qu'au moins, je suis plus près de chez moi. En même temps, le nom Georges-Brassens aurait dû éveiller en moi quelques soupçons. Quand le nom est contemporain, il y a généralement du souci à se faire. Collège Michel-Colucci, collège Sonia-Delaunay, collège Françoise-Dolto et consorts, méfiance…
Ce sera pire que tout ce que j'ai déjà vu.

« Éveiller les rêves et l'imagination »

Le collège Georges-Brassens a été construit en 1994 par l'architecte Manuel Nuñez-Yanowsky qui l'a pensé comme un bâtiment censé « [étonner] les élèves et éveiller leurs rêves et leur imagination ». Il est régulièrement photographié et dessiné par des étudiants en architecture.

Il faut dire que c'est une curiosité. Le bâtiment se présente comme une allégorie de l'Arche de Noé, sans que l'on sache bien à qui l'architecte réservait le rôle des animaux… Figurez-vous une vaste courbe de béton blanc, au centre de laquelle trône un majestueux escalier façon paquebot, dont le toit est surmonté d'une gigantesque structure métallique représentant peut-être un éclair, percé au plafond de petites ouvertures en forme d'étoiles et éclairé par un grand arc-en-ciel de néon accroché sur un mur du large hall d'entrée.

Dans la pratique, voici ce que donne cette esthétique résolument moderne : il fait continuellement sombre car les néons de l'arc-en-ciel, hors de prix et difficilement accessibles vu la hauteur sous plafond n'ont jamais pu être remplacés. Quant aux ouvertures étoilées, elles sont trop étroites pour laisser filtrer autre chose qu'une lumière grisâtre déprimante. Les couloirs, offrant de magnifiques lignes courbes, en forme de vagues, ne peuvent être surveillés efficacement car il faudrait placer un surveillant à chaque courbure. L'escalier central, extrêmement dangereux car carrelé, ne peut être emprunté par les élèves qu'à la montée en classe et seulement s'ils sont accompagnés d'un professeur. Seuls les adultes ont le droit de l'utiliser pour redescendre, ce qui donne lieu à de tentants défis pour les élèves: à celui qui descendra l'escalier le plus vite possible et sans se faire prendre. Il faut donc régulièrement, par sécurité et pour faire appliquer le règlement intérieur du collège, le faire surveiller aussi.

Pour éviter ce dangereux escalier central, l'accès aux étages se fait donc par trois escaliers répartis sur les côtés du bâtiment et qui offrent le double inconvénient d'être très sombres et extrêmement mal insonorisés. La montée en classe se fait dans un vacarme inimaginable, dans les bousculades et les cris. Le sol est jonché de détritus et de crachats. Les rambardes qui bordent les trois étages accessibles aux élèves, imaginés comme les coursives d'un navire, donnent sur le hall d'entrée et ont dû être doublées de solides plaques de plastique transparent, pour parer tout accident.

Le réfectoire est situé dans un demi-sous-sol, percé de fenêtres hautes façon soupiraux. Il a été peint en gris. Aucun espace convivial, foyer ou auditorium n'a été prévu. Ni aucune salle pour recevoir les parents. Ni aucun endroit pour abriter les élèves en cas de grand froid.

La cour, bordée de barrières métalliques et généreusement arborée de trois peupliers décharnés, ressemble à la promenade d'une centrale pénitentiaire. Elle donne sur la rue, ce qui occasionne toute sorte de trafics entre les élèves qui sont à l'intérieur des grilles et ceux restés à l'extérieur. Quatre bancs permettent aux quelque 500 élèves de s'asseoir. Difficile effectivement de ne pas penser à la cage d'un zoo…

Le portail sécurisé à l'entrée de cette cour est très souvent cassé et, faute de moyens pour le faire réparer, il faut faire semblant de le faire fonctionner devant les élèves pour qu'ils ne s'en aperçoivent pas. La direction craint moins les sorties non autorisées d'élèves que l'intrusion d'éléments extérieurs dans l'établissement. C'est d'ailleurs le phénomène récent le plus inquiétant : l'école n'est plus un sanctuaire et les bandes des quartiers se font plaisir en montrant qu'elles peuvent entrer et sortir à leur guise des établissements pour venir régler leurs comptes ou juste pour prouver qu'aucun territoire ne leur est interdit. Le message est clair : vous n'êtes pas en sécurité, même à l'école. C'est aussi une revanche prise sur cette institution qui bien souvent les a exclus hors de ses murs, sans diplôme, ni qualification.

Pour se convaincre de ce que ce bâtiment « étonne les élèves et éveille leurs rêves et leur imagination (!) », il n'y a qu'à lire la description qu'ils en font sur Facebook dans le groupe des anciens élèves du collège Georges-Brassens :

Collège Georges-Brassens

Vous faites partie de ce groupe quand :

1. Vous vous êtes déjà retrouvé à courir aux Buttes-Chaumont en plein hiver car tous les stades du quartier étaient complets.

2. Vous avez déjà envoyé un ami vous acheter une canette au Franprix quand vous étiez en statut de prisonnier dans la cour : pour ça le grillage était bien pratique !

3. Vous avez déjà vu un prof se faire frapper/insulter/pleurer/recevoir un œuf sur la tête… ou autre…

4. Vous avez déjà pris l'escalier central réservé aux profs en cachette.

5. Vous avez déjà vécu de près ou de loin un cafouillage général.

6. Vous avez bien rigolé en cours… mais travaillé moyen moyen…

Bref si vous avez été élève à Georges-Brassens, ce groupe est fait pour vous !

Éloquent, non ?

Si les architectes sont enthousiastes…

Les Cainfris du XIXe

Il y a dans le XIXe arrondissement de Paris une forte communauté africaine de primo-arrivants : ces familles viennent majoritairement du Mali mais aussi de Côte d'Ivoire, du Congo, du Sénégal ou d'Angola. Certains de nos élèves arrivent de pays en guerre, d'autres n'ont pas de papiers. Parfois, ils vivent dans la peur d'être arrêtés ; ils se donnent alors de faux noms et prénoms ou encore refusent de mettre ces renseignements sur leurs copies. Chaque année arrivent dans le collège de jeunes professeurs de langue enthousiastes qui rêvent de voyages linguistiques à Londres ou ailleurs. Les anciens calment leurs ambitions par un : « Tu n'iras nulle part, ils n'ont pas de papiers... » blasé.

Des enfants africains arrivent tout au long de l'année dans mes classes, au point que nous manquons parfois de bureaux et de chaises pour les accueillir. Les classes sont chargées : partant d'un effectif de vingt-huit, nous nous retrouvons souvent avec trente-trois élèves en fin d'année. Ce qui ne va pas sans créer des tensions.

Bintou et Maïmouna, élèves de cette cinquième, s'approchent de moi à la fin d'un autre cours. Elles me dévisagent attentivement.

« J'suis pas sûre que c'est ses vrais yeux, s'interroge Bintou. On dirait qu'elle a des lentilles. Hé, M'dame, vous avez des lentilles, non ?

– Oui, je porte des lentilles de correction car je suis myope.

Triomphe de Bintou :

– Ah ! Tu vois, j'le savais : les Blancs, ils ont pas les yeux bleus ou verts pour de vrai ! En fait, ils portent des lentilles ! »

Et de hocher la tête en tchipant (tchiper : faire un bruit avec sa bouche fermée. Les Noirs américains disent : « *to suck one's teeth* », ce qui signifie littéralement : « sucer ses dents ». Tic repris par beaucoup d'élèves aujourd'hui, très agaçant...).

Très petite fille, j'ai vécu où Gabon où mon père, élève magistrat, faisait sa coopération et où, hasard complet, les parents de ma mère vivaient aussi à cette époque. J'en parle parfois à mes élèves qui ont généralement l'impression que les Blancs ne les comprennent pas et ne connaissent rien à l'Afrique. Cela leur paraît extraordinaire à chaque fois et ils s'étonnent toujours de ce que je ne sois pas noire. Je leur réponds qu'ils sont bien noirs, eux, qui sont pour la plupart nés en France. Cela les fait beaucoup rire.

Alors qu'il vient de déjeuner à la cantine, Abdoulaye me demande si chez moi, c'est pareil, si je prépare chaque jour des plats différents pour ma famille. Je lui réponds que je m'y efforce parce que c'est agréable de manger des aliments variés et que c'est bon pour la santé. Abdoulaye est très impressionné : chez lui, c'est du maffé tous les jours, dans lequel il n'y a pas souvent de la viande.

Depuis plusieurs semaines, je cherche à rencontrer les parents de Ibrahima, élève d'origine malienne très perturbateur. Il est arrivé au mois de novembre dans ma classe de cinquième, après s'être fait exclure d'un collège du XVIIIe arrondissement. Il a une stature imposante et je soupçonne qu'il doit avoir dans les 16 ans… Quelqu'un de sa famille finit par venir me rencontrer au mois de février. Il s'agit d'une très jeune femme qui ne parle que le bambara et que Ibrahima me présente comme étant sa mère. Je lui dis qu'il se moque de moi et lui demande qui est cette femme. C'est la troisième épouse de son père, sa mère et la deuxième épouse vivant au Mali parce que « trop usées ». Il m'explique qu'en tant que fils de la première épouse, il a toute autorité sur la jeune femme présente.

Un mois plus tard se présente enfin un vieil homme de 78 ans, père de Ibrahima et de dix-sept autres enfants dont six sont scolarisés au collège. Nous parlons longuement du comportement de son fils et je lui dis qu'il serait peut-être judicieux de renvoyer Ibrahima quelque temps au pays afin qu'il prenne conscience de la chance qui lui est offerte de vivre et d'étudier en France. Réponse horrifiée du père : « Oh non Madame ! Au pays, j'aurais trop honte de lui ! »

En 2005, la guerre fait rage en Côte d'Ivoire. Mes grands-parents maternels, mon mari et ma belle-famille ont vécu à Abidjan, nous y avons des amis. Nous parlons de la situation avec quelques jeunes filles de quatrième. Elles s'inquiètent beaucoup pour leurs familles restées là-bas et racontent comment elles sont arrivées en France. Babeth, élève habituellement très discrète, prend la parole : « Pour moi, ça s'est passé très vite. Mes parents avaient très peur et ils m'ont dit que j'allais partir à Paris chez ma grande sœur qui habitait là-bas depuis longtemps déjà. On disait qu'elle avait une bonne situation en France, on ne la voyait pas souvent au pays, mais quand elle venait, elle avait toujours des cadeaux pour toute la famille, elle avait l'air riche. Avant de monter dans l'avion, ma mère m'a dit qu'en fait, ma sœur, c'était pas ma sœur, c'était ma mère… C'est pour ça que j'ai eu les papiers… »

Boubacar et nos voisins de la police

Le collège est situé juste à côté du commissariat central du XIXe arrondissement de Paris. Toutes les salles donnant sur la façade du commissariat ont été grillagées, pour éviter les jets de chaises et de tables sur les policiers. En sortant de cours, les élèves passent devant le commissariat, serrent la main des policiers qui les connaissent par leur prénom pour la plupart d'entre eux, leur demandent si leur frère aîné est sorti de garde à vue ou s'il pourrait leur faire passer les clés de chez eux. Le tout avec une décontraction étonnante. Est-ce pour fanfaronner devant les copains ou parce que la police fait partie de leur quotidien ? En tout cas, les rares fois où la direction a demandé aux policiers d'intervenir dans le collège, ils ont envoyé douze baraqués, façon mission commando.

Je suis en classe un matin avec des cinquièmes plutôt remuants. Nous terminons une leçon de grammaire sur le COD. J'ai expliqué, ils ont copié la leçon et fait des exercices. Hugo, toujours ahuri, vient de me demander ce que veut dire le « code ». Je suis passablement découragée… Je me poste près de la porte, prête à signer les agendas pour les devoirs car la fin du cours approche. Celle-ci s'ouvre à toute volée, me manquant de peu.

Je me retrouve face à Boubacar, un élève de troisième que tout le monde connaît dans le collège. Il a l'air totalement allumé et sent fort l'alcool, comme une odeur de barbecue qu'on va allumer au zip… Très menaçant, il semble chercher quelqu'un. D'instinct, je me recule, les bras tendus vers l'arrière pour protéger mes élèves qui se sont levés pour venir aux nouvelles. Boubacar dévisage longuement tout le monde puis s'en va.

La sonnerie retentit, les élèves se ruent en masse dans le couloir. Boubacar est au milieu, zigzaguant, battant l'air de son bras gauche dans de grands gestes désordonnés et vociférant des paroles indistinctes. Un professeur remarque son manège et s'écrie : « Attention ! Baissez-vous, il est armé ! » Ce n'est pas à proprement parler une arme mais Boubacar tient dans sa main un stylo et quelqu'un pourrait le prendre dans le bras ou dans l'œil. Les élèves se protègent et laissent passer le grand échalas, qui descend et se précipite dans le bureau de la CPE.

Là, il se saisit de ciseaux restés sur le bureau et tente de blesser la jeune femme qui se trouve là et n'a que le temps de courir se réfugier dans la loge du gardien et d'appeler la police en renfort.

Quelques minutes plus tard, huit costauds entrent dans le collège et neutralisent Boubacar. Comme les élèves, je suis contre les bastingages du premier étage et j'assiste à cette scène hallucinante : Boubacar porté par les policiers, totalement arc-bouté, en train de hurler d'une voix effrayante des menaces et des insultes sur le collège, les profs, la police, les Juifs… Il a l'air totalement dément et parle d'incendier l'établissement, d'égorger tout le monde. Ses imprécations se perdent dans le silence général, les policiers l'emmènent. Nous restons tous inertes, pétrifiés devant une telle violence. On ne reverra jamais Boubacar : ses parents l'ont envoyé au Mali pour soigner ses addictions.

Cafouillages

Le terme « cafouillage » désigne une bagarre. Les disputes éclatent très fréquemment et bien souvent sans qu'on comprenne pourquoi. Une insulte, un geste grossier, une claque donnée en passant, une bousculade, un simple regard jugé déplacé, voire la volonté délibérée de créer une situation de violence peuvent déclencher une rixe. Il est facile de localiser un départ de « cafouillage » : deux élèves s'empoignent et tous les autres, garçons et filles sans distinction, se ruent en hurlant et forment un cercle autour d'eux afin de les encourager à se montrer les plus agressifs possible et retarder au maximum l'intervention des adultes.

Un jour, le proviseur, ayant assisté, sidéré, à l'un de ces « cafouillages », passe ensuite dans les classes exprimer son indignation devant ces scènes de violence. Il dénonce le fait que les élèves se sont comportés « comme des chiens », excitant les adversaires au lieu de chercher à les séparer. Tollé général parmi les élèves : « M'dame, il a pas l'droit de nous traiter de chiens ! »

Les bagarres les plus impressionnantes sont celles qui éclatent au réfectoire. Je déjeune un jour en compagnie d'une de mes collègues dans la petite salle réservée aux professeurs, à laquelle on accède en traversant la salle à manger des élèves. À travers la porte fermée, nous entendons monter une clameur, des cris puis le bruit d'une bousculade et de chaises renversées. J'ouvre la porte et vois deux filles en train de se battre en se tirant violemment par les cheveux, l'une tenant une fourchette, l'autre un verre brisé. Évidemment, autour d'elles, le cercle habituel des excités en train de vociférer à qui mieux mieux. La scène est extrêmement choquante et l'atmosphère électrique. Je me tourne vers ma collègue. Elle se tient debout, interdite, les larmes aux yeux. Je m'empresse de refermer la porte avant que des élèves ne s'aperçoivent de notre présence, seules dans cette petite pièce sans échappatoire. Au bout de longues minutes, des surveillants parviennent à séparer les deux filles et à faire évacuer le réfectoire. Heureusement, aucune d'entre elles n'est blessée. Nous remontons en salle des profs, tremblantes, peu fières de nous, en ayant le sentiment d'avoir participé à la scène d'un film de Scorcese.

Les bagarres de filles sont souvent les plus violentes. Elles s'agrippent directement aux cheveux et, comme beaucoup d'entre elles ont des coiffures composées de nattes postiches, on voit voler des poignées de cheveux, au milieu des cris et des coups de griffes. Au début, je tente systématiquement de m'interposer et prends quelques mauvais coups… Avec l'expérience, je me contente de crier pour avertir de plus costauds que moi. En cas de bagarre dans mon cours, j'éloigne les autres élèves, envoie l'un d'entre eux chercher de l'aide et tente de calmer les adversaires par l'ironie : « Allez-y, étranglez-vous, ça me fera deux élèves de moins ! » Ça marche, parfois… Pas évident ensuite de reprendre son cours, le cœur battant, les joues rouges d'émotion, la voix tremblante, essayant d'afficher un air serein pour apaiser le reste de la classe.

Ah, c'est un métier !

Collège comedy club

« Eh ça va, mon frère ? T'es prêt ?

– Deux minutes, tu vois bien que je me mets du gel.

– Ça fait juste une demi-heure que tu t'aplatis les frisettes. Crari t'as des veuch' de çais-fran !

– Amar ! J'suis trop bogoss. Au fait, on y va comment à Rispa ? T'as trouvé une bagnole ?

– Ben j'ai gratté la caisse à tata Aïcha…

– Oh non, mon frère, on va encore se taper la chouma ! Comment tu veux qu'on fasse les princes dans cette vieille Fiat toute ripou ?

– Wesh, lâche-moi, t'as un autre plan peut-être ? »

Sur la scène de l'atelier théâtre que nous avons monté avec une collègue pour les cinquièmes, Saïd et Redouane ne manquent pas d'inspiration. Ils ont directement embrayé sur un sketch mémorable: l'imitation de leurs grands frères partant en boîte de nuit à Paris le samedi soir.

Le départ en boîte de nuit n'est pas au programme, évidemment. Les élèves doivent présenter au spectacle de fin d'année la première scène du *Médecin malgré lui*, où Sganarelle se dispute avec sa femme Martine. Un groupe répète le texte écrit par Molière, un autre réécrit cette scène de ménage en langue d'aujourd'hui tandis qu'un troisième groupe s'entraîne à jouer cette réécriture moderne. La première demi-heure est consacrée à ces trois activités mais, comme il est difficile de retenir davantage l'attention des cinquièmes, nous proposons en fin d'heure la partie de l'atelier que préfèrent les élèves: le match d'improvisation. Ce jour-là, le thème est « samedi soir ».

Deuxième partie, dans la Fiat de tata Aïcha. Assis sur deux chaises, les « grands » discutent et rient comme des dingues dans la voiture supposée. Tout n'est pas très intelligible pour nous mais les autres élèves sont écroulés de rire.

On comprend qu'ils arrivent devant la boîte de nuit.

« T'as vu, y'a des meufs trop fraîches, mon frère!

– Tiens-toi tranquille, wesh, le videur nous regarde, souris, qu'on passe pas pour des racailles... »

Les élèves roulent des mécaniques en riant.

– Ça va pas être ce soir, Messieurs...

– C'était sûr, allez, viens, on se casse, on remonte dans la téci voir les cousins, bande de bâtards !

Leur sens de l'observation est affûté, les gamins ont parfois la dent dure pour leurs aînés mais on devine leur tendresse pour ces « galériens » du samedi soir. Nous sommes tous hilares devant la justesse et l'à-propos de leurs répliques, devant ces Jamel Debbouze miniatures, leur idole, dont ils ont le sens inné de la tchatche et de la repartie. Saïd et Redouane sont loin d'être de bons élèves en français mais ils ont dans l'œil cette malice des dégourdis pour lesquels il est inutile de se faire trop de souci. Ils gagnent haut la main le match d'impro et leur sketch fera bientôt le tour du collège : « Même les profs étaient morts de rire ! »

Tu as voulu te la jouer babtou ?

Gloria a 14 ans, c'est une de mes élèves de quatrième. Elle arrive un matin vêtue d'un jean et d'une guêpière noire à dentelles et rubans roses. Pendant tout le cours, elle essuie moqueries et insultes. Alors qu'elle s'apprête à quitter la salle, je lui tends mon pashmina pour qu'elle puisse se couvrir avec le reste de la journée. Je risque une remarque :

« Gloria, votre mère ne vous dit rien quand elle vous voit quitter la maison dans cette tenue ?

– Parce que vous croyez qu'elle est levée, ma mère, quand je pars au collège ? Elle est fatiguée, elle prend des médicaments qui la font dormir tout le temps. Le matin, elle est dans son lit et quand je rentre le soir, elle comate devant la télé. »

Une autre fois, en rentrant en classe, je remarque qu'une mes élèves, au look habituellement assez masculin, en « tenue de camouflage » comme disent les filles – pantalon de jogging, sweat à capuche, baskets –, est joliment vêtue d'une jupe en jean au-dessus du genou qu'elle porte avec un collant opaque noir. Au moment où elle passe devant moi pour sortir de ma salle à la fin du cours, je vois sa bande de copines lui fondre littéralement dessus et tirer brutalement sur sa jupe pour la baisser, entraînant aussi le collant. Mon élève se retrouve à moitié déshabillée dans le couloir, sous les huées des autres adolescents, ravis du spectacle. J'interviens immédiatement, repoussant le groupe de harpies qui rient, très fières de leur coup, et qui jettent avant de décamper : « Ça t'apprendra à t'habiller comme une tepu, à te prendre pour une babtou ! »

On croit communément que c'est l'attitude irrespectueuse des garçons qui poussent ces toutes jeunes filles à se masculiniser pour qu'on les laisse tranquilles. On se trompe, ce sont de plus en plus les filles elles-mêmes qui font régner un climat de terreur, obligeant leurs camarades à cacher toute manifestation de féminité, surtout lorsque ces dernières sont jolies. Elles les menacent de leur faire une « réputation ».

Devant le principal à qui j'adresse immédiatement un rapport d'incident écrit, les élèves incriminées nient tout en bloc, prétendant que j'ai mal entendu et que c'était un jeu. La direction ne cherchera pas plus loin.

Revenons à nos moutons

Un des grands classiques en collège, c'est la baston de « retour du coiffeur », dite aussi « baptême » : quand un élève revient au collège avec les cheveux coupés, les autres s'amusent à lui taper sur la tête pendant toute la journée. Les élèves d'origine maghrébine ont presque tous le crâne rasé parce que la plupart d'entre eux ont les cheveux frisés et que c'est un motif de honte. Les filles tirent leurs cheveux dans des chignons serrés à l'extrême et les garçons passent sous la tondeuse. Si l'un d'entre eux a les cheveux un peu plus longs et que des frisettes apparaissent, il se fait traiter de « mouton » ou de « brebis » – l'une des pires insultes qu'on puisse proférer pour ces collégiens. Cela peut sembler anecdotique mais ces injures, pourtant légères comparées à d'autres, déclenchent des crises terribles, des larmes, même chez des grands costauds et, inévitablement, des bagarres.

La bagarre de « retour du coiffeur » est un rite de passage accepté par les garçons. Vous voyez un de vos élèves rentrer en cours avec sa capuche sur la tête, vous pouvez être sûr qu'il est allé chez le coiffeur. Vous lui demandez de se découvrir et apercevez un coquard. Il vous répond alors, résigné : « C'est la tradition. Je me suis fait baptiser et vous savez, c'est pas fini, M'dame : ça durera jusqu'à ce que mes cheveux repoussent ! » Ricanements de ses camarades.

La mère d'un élève très pénible de quatrième, grand amateur de bagarres de « retour du coiffeur », me reproche lors d'une réunion mon manque d'autorité. Je la regarde droit dans les yeux et lui dis : « Vous connaissez l'émission "Vis ma vie", Madame ? Je vous propose un petit stage à mes côtés au collège la semaine prochaine. Vous ne ferez pas mon métier à ma place, vous m'accompagnerez seulement en cours, dans les escaliers, dans les couloirs, à la cantine, vous regarderez un peu comment se passent mes journées. Ensuite vous me donnerez des conseils pour asseoir mon autorité. Qu'en dites-vous ? »

Je n'ai jamais revu cette dame.

Mettre un mot dans le carnet de correspondance

« Apportez-moi votre carnet de correspondance ! »

Pour le professeur qui vient de prononcer cette phrase, l'affrontement va commencer. Il a tenu quarante minutes avant de lâcher cette formule de non-retour, il a tout tenté pour ne pas en arriver là mais la classe attendait de lui une réaction ferme. Il n'avait plus le choix, il était acculé…

S'ensuit inévitablement un duel acharné – le huitième ou neuvième de la journée pour l'adulte puisque c'est sa septième heure de cours. Il est épuisé mais il va lui falloir tenir bon une énième fois. Vous ne pensez tout même pas que, pour la seule raison que c'est lui le professeur, c'est lui qui fait la loi dans la classe. Son autorité est remise en jeu à chaque heure de cours et, comme dans une meute, le dominant qui voit sa place menacée ne peut compter sur le reste de la troupe qui n'attend qu'une chose : sa chute.

L'élève qui doit apporter son carnet de correspondance fait semblant de rien et continue de discuter gentiment, retourné vers son camarade. Le professeur répète.

« Wesh, c'est bon, là, j'ai rien fait. Comme par hasard, c'est toujours moi qui prends ! C'est pas à vous que je parle de toute façon !

– Votre carnet, tout de suite, sinon c'est la porte ! »

Premier coup de bluff : il est 16 h 45 et il n'y a vraisemblablement plus personne à la vie scolaire pour prendre en charge ce lascar. D'un autre côté, toute exclusion obligerait le professeur à :

1. Remplir un bulletin d'exclusion de cours sous les huées du peuple : « M'sieur, ça s'fait trop pas c'que vous faites. Il a rien fait, c'est pas juste. C'est interdit par le règlement intérieur. On va te venger, cousin ! »

2. Trouver un volontaire pour emmener l'élève viré, tâche à haut risque que même les délégués ne veulent plus assumer.

3. Inventer dans la minute un travail supplémentaire pour occuper l'élève exclu en salle de permanence.

4. Faire se lever l'élève.

5. Affronter l'élève et le reste de la classe.

6. Convaincre un deuxième volontaire d'aller chercher un surveillant qui force l'élève à quitter la classe.

7. Prendre le risque de se voir ramener l'élève exclu sous divers motifs : le CPE n'est pas dans son bureau, le principal-adjoint non plus, pas

plus que le principal, un surveillant a dit qu'il monterait le chercher plus tard, il n'y a plus de place en permanence, le surveillant en charge de la permanence a peur de cet élève, etc. Le tout sous le regard triomphant de l'élève et le déchaînement hystérique de ses camarades.

8. Remplir un rapport d'incident, le photocopier en trois exemplaires et assister le soir à la convocation des parents par le CPE, enfin plus exactement : attendre jusqu'à 18 heures avec le CPE des parents qui ne viendront pas ou viendront uniquement pour insulter le professeur parce que, c'est bien connu, il est au choix dépressif, raciste ou tout bonnement injuste. Et d'ailleurs, ça ne va pas se passer comme ça, les parents vont porter plainte contre le professeur, le CPE, le principal et le collège.

9. Assumer l'élève exclu dans un autre de ses cours pour le punir et pour qu'il rattrape le cours perdu, chaque professeur devant lui-même assurer ses heures de colle depuis que ce n'est plus le travail des surveillants.

Le professeur est-il prêt à faire face à tout ce processus ? Non et l'élève le sait parfaitement.

« Donnez-moi immédiatement ce carnet ou je viens le chercher !

– Z'avez pas le droit ! »

Cri d'orfraie du propriétaire du carnet et bronca dans la classe ! Sacrilège ! Aujourd'hui l'élève est très procédurier, il connaît ses droits sur le bout des doigts, on les lui a assez rabâchés. Il invoque le droit au respect absolu de ses biens et celui qu'il a de garder le silence jusqu'à l'arrivée de son avocat commis d'office. Le monde à l'envers ? Non, une scène ordinaire dans un collège de France.

Malgré tout, le professeur insiste.

Botte secrète n° 1 de l'élève : « Mon carnet est dans le bureau du CPE. » Le professeur va-t-il envoyer un volontaire désigné d'office aller vérifier l'information auprès du dit CPE et perdre ainsi plus de dix minutes pour un résultat nul ?

Botte secrète n° 2 : « J'ai perdu mon carnet. » En théorie, l'élève dans cette situation est censé rembourser le carnet perdu pour en obtenir un second. En pratique, cela n'arrive quasiment jamais car l'élève et sa famille, indignés devant tant d'acharnement de la part de l'institution scolaire, invoquent l'argument selon lequel en France l'école est gratuite et qu'il serait de ce fait illégal de leur faire payer quoi que ce soit. Et l'élève finit l'année sans carnet. Le mieux, donc, est de le perdre au plus tôt, dès le 10 septembre, pour passer l'année tranquille.

Botte secrète n° 3 : L'élève cède et présente finalement son carnet sans trop de difficultés car il en a un double « clean » à présenter à ses parents. Celui qu'il donne aux professeurs est bardé de mots rageurs et de notes catastrophiques mais l'autre est propre et rempli de bonnes notes. Dans certains établissements, le phénomène des faux carnets est si répandu que les surveillants au début de l'année dissimulent dans l'encre du tampon de l'établissement apposé sur chaque carnet un numéro minuscule qui leur permet par la suite de vérifier l'authenticité du carnet présenté par l'élève.

Admettons que le professeur ait réussi à s'emparer du carnet de l'élève. Plusieurs options s'offrent maintenant a lui.

Première option : lui mettre une heure de colle. Attention cependant. L'heure de colle obéit maintenant à un protocole complexe. La feuille réservée aux heures de colle dans le carnet de l'élève est bien souvent surchargée, l'imprimeur ayant considéré qu'un total de vingt heures annuelles constituait un grand maximum. Le professeur est donc obligé d'écrire en tout petit à quelle heure, dans quelle salle, pour quel motif et pour effectuer quel travail il convoque l'élève. Facile pour ce dernier de prétendre plus tard qu'il n'est pas parvenu à relire l'écriture « toute chelou du prof ». Ensuite, le professeur doit garder à l'esprit que c'est dans l'un de ses propres cours que l'élève effectuera son heure de colle puisque ce n'est pas le travail des surveillants encore une fois. Qui est le plus puni ? L'élève qui est collé dans un trou de son emploi du temps ou le professeur qui se coltine un insupportable une heure supplémentaire ? Les colles n'ont plus lieu le mercredi après-midi. D'abord parce qu'il n'y a personne pour les surveiller. Ensuite parce que c'est inhumain de retenir les élèves le mercredi au collège alors qu'ils ont déjà tant à faire au-dehors : traîner au centre commercial, tagger les murs du collège ou caillasser les voitures des policiers !

Deuxième option: écrire un mot pour les parents de l'élève dans la partie du carnet intitulée « correspondance avec la famille ». À charge ensuite pour lui de vérifier que ce mot aura été signé, que la signature est authentique et que ce mot a entraîné une quelconque remontrance de la part des parents. Que faire si le mot a été ignoré, soit 99 % des cas? Mettre une heure de colle?

Alors le mot sur le carnet est-il pour autant un coup d'épée dans l'eau?

Eh bien, non, car il offre au professeur une prodigieuse et trop rare occasion de se défouler. Inutile d'écrire que l'élève a proféré des insultes ou s'est montré grossier car ce dernier minimisera devant ses parents (« j'ai traité Bidule de grosse tomate pourrie » ou « j'ai mis mon doigt dans mon nez »). Le mieux est d'écrire tout simplement ce que l'on a entendu. Quelques exemples:

A traité son camarade de (je cite): « petit bâtard d'enculé de sa race ».

A fait pleurer son petit camarade en lui disant: « Ta mère fait du rallye à Auchan avec son caddie. »

Vante, Madame, vos prétendus exploits en classe: « Ma mère a péfra une sale Française. »

A menacé de me « faire la peau » et m'a traitée de « sale prof de merde ».

Hurle en cours à sa camarade qui lui avait pris sa règle: « Vieille pute qui suce des bites. »

La première fois, ce genre de mot fait son petit effet: silence dans l'assistance, consternation de l'élève cité et inévitables répliques destinées à vous apitoyer : « Vous pouvez pas écrire ça ! Ma mère, elle a pas l'habitude des mots grossiers. », « Mon reup va me casser en deux ! », « Ce soir, je vais passer à travers les murs. » Pas de réjouissance prématurée : l'élève sera là le lendemain. Mais au moins le professeur gagnera-t-il à court terme une relative modération dans les insultes proférées dans sa classe et, à plus long terme, de la matière pour un hilarant concours de citations entre collègues. S'il s'ennuie pendant la surveillance d'un devoir, le professeur peut ainsi attraper le carnet de l'un des caïds et se jeter sur la partie « correspondance avec la famille » pour découvrir avec bonheur les tirades dont ont été gratifiés ses collègues durant les dernières semaines.

Contrairement à une croyance répandue, l'usage du carnet de correspondance est strictement interne au collège. Peu de parents consultent ce carnet une fois par semaine comme cela leur est pourtant demandé au début de l'année. Certains ignorent jusqu'à son existence, d'autres ne lisent pas en français et la plupart s'en moque totalement. Les renseignements concernant l'élève et généralement remplis par lui-même sont faux : fausse adresse et faux numéro de téléphone. Il appose sa propre signature pour couper court à toute tentative de comparaison et se distribue des notes avantageuses sur les relevés trimestriels, aucun contrôle n'étant réellement praticable. Pour dissimuler le mot d'un professeur, tous les moyens sont bons : gomme, effaceur, correcteur (très discret), arrachage de pages. Il n'est pas de subterfuge auquel il n'ait pensé avant les adultes.

Il est 16h40 et le cours est terminé? Que faire des 15 minutes restantes? « Untel, ça suffit, apportez-moi votre carnet de correspondance! »

Exclusions et marchandages

Lorsqu'un élève est passé par toutes les sanctions appliquées dans un collège et dont la liste est détaillée dans le règlement intérieur (réprimande verbale, mot sur le carnet de correspondance, heure de colle, convocation de la famille, punition d'intérêt général, remboursement de dégâts occasionnés et renvoi temporaire), il peut arriver qu'il passe en conseil de discipline. Cette menace, à l'époque où j'étais moi-même collégienne, impressionnait beaucoup. Aujourd'hui, elle s'est banalisée. Les élèves n'en ont plus peur. Certains collèges difficiles en totalisent une quarantaine par an. Ce qui ne veut pas dire « exclusion définitive » obligatoirement : le conseil de discipline peut proposer d'autres sanctions.

Les parents eux-mêmes n'en ont plus grand-chose à faire. Je me souviens d'un père joint sur son téléphone portable alors qu'il aurait dû être présent avec son fils à la convocation du conseil de discipline. Cet élève, après plusieurs faits de violence, avait frappé un surveillant. Le père était en train de faire des courses et a répondu à la proviseur : « Mais quand est-ce que vous allez arrêter de nous faire chier avec vos conneries ? » avant de raccrocher.

Difficile de faire régner la justice quand les familles s'en désintéressent. Je me souviens de ce garçon de troisième, piégé par trois camarades de classe qui, à l'aide d'un complice, lui avaient tendu un piège sur un site de rencontres par Internet. L'adolescent homosexuel avait été filmé à son insu en train de se masturber devant sa *webcam*. Les images ont circulé parmi les collégiens et des photos de son sexe ont été diffusées et même affichées au collège.

Les trois garçons passent en conseil de discipline, soutenus par leurs parents qui ne comprennent pas pourquoi l'établissement se mêle de cette affaire qu'ils jugent privée et qu'ils ne considèrent somme toute pas si grave. D'autant que les parents du garçon piégé ne se sont pas manifestés, trop honteux de cette homosexualité révélée. Résultat : c'est l'adolescent si cruellement exposé qui est exclu du collège, pour sa protection, tandis que les autres sont réintégrés comme si de rien n'était. Si on peut admettre que le jeune homme ainsi humilié devait impérativement être mis hors de portée de ses bourreaux, que dire du sentiment de totale impunité dans lequel ont dû se sentir ces derniers ? Sans parler du raccourci dans la tête des élèves: si on est homo, on risque d'être viré...

Lorsqu'un élève est exclu définitivement d'un collège et d'un lycée, le proviseur est tenu de lui trouver une place dans un autre établissement. Cette obligation de replacer les élèves exclus donne lieu à des marchandages insoupçonnés entre la direction des établissements et les professeurs: « Vous êtes bien certains de vouloir virer Machin ? Vous êtes conscient qu'il vaut sans doute mieux deux Machin qu'on commence à bien connaître qu'un Bidule qu'on va nous envoyer de n'importe où et dont on ne saura rien ? »

Ou entre proviseurs : « Bonjour, c'est Loiseau au téléphone, le proviseur de Corneille. Ça va, mon vieux ? Dis donc, j'ai ici un Tartempion qui vient de se faire exclure par le conseil de discipline. Est-ce que tu pourrais me le prendre ? Tu as qui, toi, à caser ? Ah, les frères Trucmuche... Et qu'est-ce qu'ils ont fait, ces deux-là ? Oui... Je vois... J'en parle à mon équipe pédagogique et je te rappelle. »

Au bout de trois renvois définitifs et de trois réaffectations scolaires, l'Éducation nationale n'est plus tenue de scolariser un élève. À charge pour ses parents de trouver un établissement qui l'accepte ou de l'inscrire au CNED (enseignement à distance).

Aujourd'hui, en France, on estime que 150 000 jeunes quittent chaque année l'école sans diplôme. À la sortie des lycées, en début d'année, on croise beaucoup de ces jeunes désœuvrés. Ils viennent voir leurs amis qui, eux, ont été acceptés au lycée. Puis, les mois passant, ils sont de moins en moins nombreux à attendre la fin des cours et les copains.

Enfin, ils ne viennent plus, définitivement exclus cette fois-ci, loin de leurs camarades du même âge et de leur vie de lycéens, se tournant sans doute vers d'autres types d'activités…

« En capote à boutons dorés… »

Les cas les plus révoltants et les bombes émotionnelles les plus délicates à désamorcer sont sans doute les élèves placés dans les foyers de la DDASS. Soit parce qu'ils sont orphelins, soit parce que leurs parents ont été reconnus défaillants par la justice, ces enfants ont pour la plupart d'entre eux une histoire lourde à porter et se retrouvent dans une situation peu propice à la reconstruction affective. Je croiserai de nombreux élèves dans cette triste situation et aucun de ces parcours fracassés ne me laissera indifférente.

Élève de cinquième assidue et calme, toujours assise au premier rang et me couvant littéralement du regard, Clémentine connaît, malgré toute sa bonne volonté, des difficultés scolaires. Elle a des problèmes pour fixer son attention. Un jour, à la fin d'un cours, elle se confie. Aînée de trois enfants, elle avait l'habitude d'essuyer sans se plaindre les coups d'une mère dépressive et alcoolique, élevant seule sa famille. Mais, quand un soir celle-ci s'en est prise à sa plus jeune sœur, Clémentine a composé le 119, numéro d'Allô Enfance maltraitée. Suite à l'intervention de la brigade des mineurs, sa mère s'est vu retirer son autorité parentale et la garde de ses enfants. La fratrie a été placée en foyer.

Lorsque Clémentine me raconte ces événements terribles, je suis son professeur principal. Je suis bouleversée. Je l'assure tout de suite qu'elle a agi comme une enfant responsable, qu'elle a bien fait de mettre ses frères et sœurs à l'abri. Elle conclut : « Mon frère et ma sœur ne veulent plus me parler. À cause de moi, Maman est en prison et nous, on se retrouve à la DDASS. J'aurais mieux fait de ne rien dire. »

Clémentine sera changée de foyer quelques semaines avant la fin de l'année sans que le collège ne soit prévenu des motivations de cette décision. Elle demandera à Séréna, sa voisine de table et sa copine, son adresse. Celle-ci refusera.

Quand je l'interrogerai plus tard sur les raisons de son refus, Séréna répondra : « Mes parents ne veulent pas que je fréquente les gosses du foyer. »

Romain vit avec ses trois frères dans une banlieue populaire de Sens. Leurs parents, alcooliques et querelleurs, sont bien connus des services sociaux de la mairie. Malgré tout, la vie se passe plus ou moins bien pour les quatre garçons car Maxime, l'aîné, âgé de 16 ans, prend soin de ses trois jeunes frères, Romain, 12 ans, Antoine, 7 ans et Mathis, 1 an et demi. Jusqu'au jour où leur mère entame une liaison avec le voisin de pallier, ce qui occasionne ménage à trois, beuveries et disputes. Les services sociaux considèrent que les enfants ne sont plus en sécurité dans cet environnement chaotique et décident donc leur placement dans un foyer de l'Est parisien. Maxime, qui a bien tenu le choc tant qu'il se sentait responsable des plus jeunes, s'écroule littéralement à son arrivée à la DDASS. Il entre (enfin ?) dans une adolescente violente, entre petits trafics et bagarres. Il est rapidement éloigné de ses frères.

Lorsque j'ai Romain comme élève, il entre en cinquième et traîne une réputation de garçon très rebelle parmi le corps enseignant. Le crâne rasé, boucle d'oreille, l'air buté et se tenant à distance des autres élèves, il ne semble effectivement pas très avenant. Rapidement, j'ai connaissance de sa situation. Ce n'est pas grâce aux confidences de Romain, peu enclin à parler aux professeurs, ni par la consultation de son dossier scolaire puisque aujourd'hui celui-ci n'est plus transmissible d'un établissement à l'autre, arguant du « droit à l'oubli » (*sic*) pour l'élève, c'est par la mère de mon meilleur ami, alors maire de Sens, que je reconstitue l'histoire de cette famille.

Je me garde bien d'attaquer frontalement Romain et ne tarde pas à remarquer que, sous une apparence revendiquée de cancre, il a des capacités. Je laisse passer certains mots ou gestes, ne sanctionne pas tous ses oublis de matériel ou de devoirs et gagne petit à petit sa confiance. Un jour, à la surprise générale de la classe, je lui donne un 18/20 en récitation. Certes Romain n'a pas appris la longue fable « Le Loup et le Chien » en entier mais il en a réécrit les vingt premiers vers en argot et a déclamé, sourire en coin, son interprétation très personnelle à l'appel de son nom…

Romain fait insensiblement des progrès scolaires mais surtout sociaux : il devient plus calme, se met moins en colère, police son langage en cours. Il se lie d'amitié avec Félix, un autre garçon de la classe et fréquente moins les éléments perturbateurs du collège.

Il passe en quatrième. Il n'est plus dans la même classe que Félix, malheureusement. Je ne suis plus son professeur principal mais demeure néanmoins son professeur de français. Le début de l'année se passe très bien, c'est plus facile pour lui et moi, pas besoin de tisser une relation, chacun sait à quoi s'en tenir. Mais brusquement, à la fin du mois du novembre, il disparaît. Au bout de quelques semaines, on m'avertit que ce n'est plus la peine de le noter comme absent. La DDASS a décidé de changer Romain de foyer.

J'aurais voulu avoir l'occasion de lui dire au revoir, de lui donner mon adresse, d'essayer de garder un contact. Je suis très en colère contre cette administration qui déplace arbitrairement les enfants sans considérer les efforts menés à l'école par l'équipe éducative, les camarades de classe et, surtout, par l'élève lui-même. Qui bouscule des destins déjà bien secoués sans prévenir personne. En colère, mais impuissante.

Alors que je ne pourrais reconnaître Anis parmi les autres élèves de sixième, j'ai déjà entendu parler de lui à maintes reprises en salle des profs. Son indiscipline et son faible niveau sont connus de tous. Aussi, je ne suis pas surprise de découvrir son nom dans ma liste de classe de cinquième à la rentrée suivante. Cette classe promettant d'être la meilleure du niveau, on y a placé le garçon, espérant ainsi le neutraliser quelque peu au milieu de bons élèves. Je ne connaîtrai jamais exactement l'histoire d'Anis, celui-ci n'étant pas du genre à se livrer, mais en ma qualité de professeur principal de la classe, je serai amenée à rencontrer à plusieurs reprises ses éducateurs.

Au début de l'année, le professeur principal est en effet invité à prendre contact avec les éducateurs des éventuels élèves placés en foyers de l'enfance. Le premier qu'on rencontre se présente généralement comme le référent de l'enfant pour le suivi de sa scolarité et vous demande de le contacter en cas de problème. Dans la plupart des cas, vous ne devez jamais revoir cette personne. Il n'y a pas de suivi strict des enfants et les éducateurs se succèdent sans qu'aucune relation éducative fructueuse ne puisse être mise en place. Une fois pourtant, un éducateur me fait remarquer qu'à son avis, Anis n'a qu'une maîtrise très superficielle du français. « Vous n'avez pas remarqué qu'il répond souvent oui en souriant quand on lui pose une question, comme quand on est dans un pays étranger et qu'on ne comprend pas bien la langue ? » Ce qui m'est toujours apparu comme de l'insolence chez Anis s'éclaire d'un jour nouveau : Anis ne comprend pas bien le français ! D'où sa dyslexie, ses réponses à côté, son écriture indéchiffrable, son langage très pointu en matière de grossièretés et étonnamment pauvre par ailleurs, sa dysorthographie totale et son air de débarquer de la lune quand on lui demande de faire un travail. Cet ahurissement quasi permanent qui fait hurler de rire ses camarades et horripile prodigieusement ses professeurs masque une réalité incroyable : Anis est arrivé en cinquième sans savoir lire ni écrire et sans que personne ne s'en préoccupe ni ne s'en aperçoive.

Un père absent mais qu'il semble cependant voir épisodiquement, un grand frère en prison d'après ce qu'il prétend fièrement, une mère décédée ou restée au Maroc mais qu'il n'a jamais connue, voilà le peu d'informations dont je dispose.

Un jour de devoir sur table où Anis, toujours placé au premier rang devant mon bureau pour éviter tout débordement, bâille aux corneilles et s'apprête à rendre copie blanche comme à son habitude, je commence à parler avec lui à voix basse, cherchant à en savoir plus sur ses premières années d'apprentissage. Était-il en France à l'âge de 6 ans ? Le français est-il sa langue maternelle ? Où a-t-il appris à lire ? Alors qu'Anis, contrairement à son attitude dans d'autres cours, n'a jamais manifesté la moindre agressivité en français, il s'empare brusquement de la grande équerre en bois laissée sur le bureau par le professeur de mathématiques et la projette dans ma direction. L'équerre se fracasse contre le tableau à quelques centimètres de ma tête. Puis Anis se lève en furie, renversant sa table, balayant d'un grand revers de la main les affaires des camarades placés à proximité de lui, quitte la salle, dévale les escaliers et sort du collège. Je comprends tout de suite l'erreur stupide que j'ai commise : je n'aurais jamais dû aborder ces sujets aussi sensibles devant ses camarades. Je descends immédiatement signaler l'absence d'Anis au bureau des CPE, précisant bien que c'est moi qui l'ai involontairement poussé à bout et ne doutant pas que s'il avait voulu me blesser, l'équerre n'aurait pas raté ma tête. Une fois remontée dans la classe, un peu chamboulée quand même, j'explique à mes élèves, assez choqués de la scène, que j'ai agi sans réfléchir et que je veillerai à ce qu'Anis ne soit pas sanctionné pour son acte. Le lendemain, il n'est pas question qu'Anis réponde à mes questions, ni même qu'il me regarde, mais il est revenu en cours.

Anis ne fera aucun progrès notable pendant cette année de cinquième, si ce n'est peut-être dans son comportement, mais passera malgré tout en quatrième, puis en troisième et se présentera sans doute au brevet des collèges. Au tout début de son année de quatrième, son nouveau professeur de français me fait part de son étonnement : Anis n'est pas si faible que ça, il rend même des copies moins minables que d'autres élèves de sa classe. Aurait-il appris à lire et à écrire durant l'été ? Je garde mes doutes pour moi. En novembre, le professeur découvrira qu'Anis fait en réalité écrire ses devoirs par une camarade de classe…

Billy a décidé dès le premier jour de cinquième de s'asseoir au fond de la salle – et gare à celui qui tenterait de le déloger ! Les premiers temps, j'ai même toutes les peines du monde à lui faire enlever son blouson et son bonnet, à lui faire sortir ses affaires (qu'il a pourtant à chaque cours, fait remarquable) et à lui faire prendre en note les leçons. Billy a décrété qu'il était nul et rend ses copies le plus vite possible, sans réfléchir à ce qu'il écrit. Pourtant, à force de lui faire reprendre ses exercices, Billy commence à obtenir des résultats, surtout en conjugaison où il est incollable. Ces bonnes notes ne lui arrachent qu'un petit sourire ironique mais, au fond, je sens qu'il est content et cela impressionne les autres.

Il ne parle jamais du foyer et sèche régulièrement les cours du vendredi après-midi. Je ne saurai jamais pour quelle raison. Un élève d'une autre classe, pensionnaire du même foyer, me dit un jour que Billy n'a jamais de visite, ni ne sort du foyer – « même pas pour Noël » précise-t-il, l'air effaré. On sait qu'il suffit qu'un des deux parents se manifeste au moins une fois par an auprès de la DDASS pour que l'enfant ne soit pas proposé à l'adoption. C'est peut-être le cas de Billy. Je pense à sa situation avant de partir pour les vacances de Noël mais je ne sais pas quoi lui dire.

Un jour qu'il s'attarde dans la classe comme il semble bien aimer le faire une fois que les autres sont sortis, m'aidant à ranger les chaises ou à effacer le tableau, mais toujours sans me parler, presque sans me regarder, j'en profite pour le féliciter de ses progrès. Je lui demande de fournir des efforts un peu plus constants, certaine qu'il peut largement augmenter sa moyenne.

Billy me fixe et me décoche: « Et pour qui voulez-vous que je travaille ? »

Hichem arrive au mois de novembre dans une classe de cinquième renforcée, c'est-à-dire une classe de seize élèves dans laquelle je dispense huit heures de français par semaine: cinq en classe entière et trois en demi-groupe. Chaque élève suit donc six heures et demi de français au lieu des cinq heures réglementaires. Ce qui m'a paru une bonne idée au début de l'année s'avère un réel calvaire. Les élèves sont trop peu nombreux pour qu'un sentiment de classe se construise et ils se bagarrent sans cesse, surtout pour des histoires de rivalités nationales entre Maliens, Congolais et Maghrébins. Les insultes et les coups de poing sont fréquents. Les enfants de cette classe sont tous en grave échec scolaire, mais chacun pour des raisons différentes : agressivité, asociabilité, dyslexie, phobie scolaire, illettrisme. Un vrai casse-tête pour les faire progresser. D'autant qu'ils prennent tous assez mal le fait d'avoir été mis dans cette classe. Bref, ces élèves déjà peu motivés par l'école, et notamment par le français, frôlent l'overdose dès novembre, et moi aussi.

Hichem débarque dans ce contexte difficile et reste toute l'année le « nouveau ». Il vient d'arriver au foyer par décision judiciaire, je n'apprendrai jamais pourquoi. Je sais juste qu'il a un frère boulanger qui travaille pour l'enseigne *Paul*. Il l'admire beaucoup et le voit de temps en temps, d'après ce qu'il raconte aux autres. Hichem s'ingénie à rendre hystériques ses professeurs : il chante, danse, fait le pitre et si vous le reprenez, il se met à bouder et gromelle que vous ne l'aimez pas et que de toute façon personne ne l'aime. Il n'écrit jamais, ne fait jamais son travail, ni en classe, encore moins le soir au foyer, n'a ni cahier, ni livre, ni stylo. Si vous le renvoyez de cours, il refuse de suivre le surveillant et court comme un dingue dans les couloirs, frappant dans les portes des autres salles ou faisant des grimaces monstrueuses par les hublots. Les autres, qui ne sont pourtant pas des élèves modèles non plus, disent qu'il est fou.

Lors d'une réunion parents-professeurs, Hichem vient accompagné d'un éducateur qui, à la suite du compte rendu que je lui fais du travail et du comportement de l'élève, le menace ainsi : « Tu le sais, Hichem, que si tu n'es pas gentil avec Madame Déramaux, tu ne verras pas ta mère. » Je demande à Hichem – qui pleure – de sortir avant de signifier clairement à l'éducateur ce que je pense du cruel chantage psychologique qu'il inflige au garçon. L'éducateur n'est pas plus gêné que ça, il me rétorque même : « Je ne prends pas beaucoup de risques en lui disant ça, sa mère, on n'a aucune nouvelle de toute façon. »

Au mois de mai, l'équipe éducative est à bout. Hichem est envoyé dans une classe relais où une place vient de se libérer. C'est une classe d'accueil temporaire, qui permet l'apprentissage et l'acquisition des savoirs fondamentaux. Le séjour dure entre quatre semaines et un an avec pour objectif la réintégration de l'élève dans un cursus normal, sous statut scolaire ou en contrat de travail (apprentissage ou contrat de qualification). Les visées sont doubles : à la fois reconstruction d'une image positive de soi mais aussi élaboration et mise en forme d'un projet de formation. Chaque classe comporte un maximum de quinze élèves, encadrés par un enseignant souvent spécialisé et un éducateur, plus quelques intervenants spécifiques. Ces classes sont composées à 80 % de garçons présentant de hauts risques de décrochage scolaire. 454 dispositifs ont fonctionné en 2010-2011 dont 311 classes relais et 143 ateliers relais (la principale différence résidant dans le fait que les classes relais sont intégrées à un établissement et sous la responsabilité d'un enseignant, alors que les ateliers relais se déroulent hors établissement scolaire et sont le plus souvent organisés par des associations complémentaires de l'école). Le nombre d'élèves concernés en 2011 était d'environ 8 880. On estime que ces dispositifs permettent à plus de 50 % de ces jeunes de rejoindre un parcours scolaire classique.

La quatrième d'AS

Au collège Georges-Brassens, j'ai la chance de travailler dans un dispositif pédagogique remarquable : une quatrième d'aide et de soutien (AS). Elles ne sont pas nombreuses.

Aujourd'hui, le ministère a fermé toutes les quatrièmes et troisièmes technologiques et ne soutient globalement plus aucun projet éducatif alternatif. Pourtant, il n'y a jamais eu autant d'élèves « hors cadre », voire tout bonnement déscolarisés. C'est dire s'il y aurait besoin de structures adaptées pour que ces jeunes « raccrochent » !

En décrétant que 80 % d'une tranche d'âge doit obtenir le baccalauréat, en oubliant sciemment de préciser que les universités sont toutes engorgées et n'offrent pas ou peu de débouchés professionnels et, quand d'autres États européens ont su le faire, en tardant à moderniser l'enseignement professionnel, l'Éducation nationale sacrifie toute une partie de la jeunesse française, la laissant au bord du chemin sans se soucier de son avenir.

Et aujourd'hui de s'étonner de la violence de certains quartiers et de certains jeunes…

La quatrième AS concerne des élèves qui n'ont pas le niveau pour passer dans une quatrième classique et qui ne posent pas de graves problèmes disciplinaires. Ce sont généralement des élèves plus âgés (15-16 ans) que les autres, qu'il serait contre-productif de faire redoubler une cinquième car ils risqueraient d'abandonner l'école, ne pouvant pas encore intégrer l'enseignement professionnel.

L'objectif de cette année de remise à niveau est de reprendre les bases en mathématiques, en français, en histoire-géographie et en anglais, de se resocialiser au sein d'une classe à petit effectif et d'effectuer deux stages en entreprise. La classe suit aussi des cours d'éducation physique et sportive et de technologie. Au terme de cette formation, l'élève passe en troisième dans le lycée professionnel de son choix. Non seulement il n'a pas perdu d'année scolaire, mais il est prioritaire dans ses vœux d'orientation. Or combien d'élèves se voient proposer par manque de place un CAP chaudronnerie quand ils rêvent de faire de la mécanique automobile! C'est une réelle chance de renouer avec le désir d'apprendre, et on voit s'opérer de vrais miracles.

Une quatrième AS exige une équipe pédagogique de choc: volontaire, concernée par les élèves et soudée autour d'un professeur principal solide. Quand on me propose d'intégrer cette équipe, malgré mes appréhensions, je me sens très flattée que l'on fasse appel à moi. Cela prouve qu'on me fait confiance. La professeur qui « manage » l'équipe enseigne les mathématiques depuis une trentaine d'années et est dotée un charisme propre à motiver de jeunes enseignants. À la fois à l'écoute et ferme dans ses exigences disciplinaires, elle passe toute sa semaine au collège, sans compter son temps ni l'énergie qu'elle déploie pour s'occuper des élèves et des professeurs de l'équipe.

Il faut aussi des recrues, une petite vingtaine. Or il n'est pas facile de persuader les élèves et leurs parents d'intégrer cette classe d'AS que les autres surnomment dans la cour « handicapés sexuels » (on reconnaîtra ici le sens aigu de l'orthographe de nos collégiens)… Nous passons donc de longues heures à expliquer en fin de cinquième le déroulement et le but de ce projet. Nos meilleurs alliés pour gagner des candidatures sont les anciens élèves qui viennent raconter leur parcours et comment cette expérience leur a remis le pied à l'étrier.

Nous veillons aussi à écarter les éléments les plus perturbateurs tout en essayant de remplir la classe avec des élèves de notre collège, donc connus de l'établissement, afin d'éviter que d'autres ne se débarrassent de leurs pires agitateurs chez nous. C'est le risque avec ce genre de classe : si vous ne trouvez pas assez de volontaires, le rectorat y inscrira des élèves d'autres collèges que vous ne pourrez pas refuser.

Cela forme à la rentrée suivante un groupe hybride d'élèves assez peu contents de se trouver là et qui attendent beaucoup de l'équipe. Les premières semaines sont très pénibles car les élèves présentent des difficultés très disparates. Entre ceux qui savent à peine lire et écrire, ceux qui cherchent à jouer les caïds et à prendre l'ascendant sur le groupe et ceux qui refusent de vous regarder dans les yeux, ce n'est pas une partie de plaisir. Il y a des moments de découragement.

Avec cette classe composée en majorité de grands gaillards pas très commodes, j'apprends à peaufiner mes réparties. Lors d'un exercice de vocabulaire, les élèves doivent retrouver le mot-racine, par exemple « démarchage » > « marche ». Je n'ai pas lu l'exercice en entier, je vois dans la liste « bandage ». Ça ne loupe pas. Salim sourit, fait signe à ses copains et m'interpelle : « Moi, moi, je sais ! Bande, bande, Madame, je bande ! »

Rires hystériques, cris de singes, tapes sur les tables. La classe est survoltée. Il faut que je trouve quelque chose pour reprendre le contrôle. Je réplique : « C'est merveilleux, Salim, vous grandissez. Je vois votre maman la semaine prochaine à la réunion parents-profs, nous nous réjouirons ensemble de cette heureuse nouvelle ! »

La première année, je dois faire un cours le vendredi de 13 à 14 heures. Un des élèves, Youssouf, a décidé de sécher systématiquement cette heure car il doit assister à la grande prière à la mosquée. Il vient tout de même en début de cours pour inciter les autres à le suivre, me traitant de « mécréante » et eux de « mauvais musulmans ». Un jour où, excédée, je le pousse vigoureusement hors ma salle, il s'écarte, dégoûté que j'aie osé le toucher et me déclare froidement : « À la mosquée, ils ont dit que si vous avez des enfants, vous n'avez rien à faire là ! Votre place, c'est dans la cuisine ! »

Christophe, grande baraque de 15 ans, refuse d'écrire avec autre chose qu'un crayon à papier et d'une écriture si minuscule qu'elle semble disparaître dans le papier. Mais il parle d'une voix énorme, poussant des hurlements en classe, sans raison, ce qui le fait rire aux éclats.

Samia, sensibilité à fleur de peau, très agressive, ne veut pas qu'on la regarde, ni qu'on corrige ses copies. J'ai eu son frère l'année précédente et je sais que leur père est mort sous leurs yeux, poignardé dans le salon familial pour une histoire de drogue. Je sais aussi que Samia et Ahmed ne sont pas leurs vrais prénoms.

Steeve boit et arrive manifestement déjà bien imbibé le matin. Les autres en ont peur, il est plus âgé, d'une violence incontrôlable. Je suis enceinte quand il lève la main sur moi parce que je refuse de le laisser sortir de cours. Il renonce quand même à porter le coup au dernier moment et sort en claquant la porte. J'en pleurerai encore des semaines après. Parce que j'ai eu peur et parce qu'aucun élève de la classe n'a fait mine de s'interposer.

Walter est insupportable avec son rire débile et inextinguible, ses yeux tout rouges et son air abruti, défoncé au cannabis dès 8 heures du matin.

Fanta part dans des fous rires dantesques, en se claquant les cuisses, en se roulant par terre, en secouant ses petites tresses en tous sens, me narguant : « Ben quoi, Madame, c'est comme ça qu'on rit en Afrique, faut bien que je m'exprime ! »

Mustapha me fixe l'air mauvais pendant tout le cours, avachi, capuche sur la tête, jambes écartées et me lançant « Parlez-moi pas ! » quand je lui demande de se tenir plus correctement. Bakari refuse aussi de me parler, ou même de me regarder sous le prétexte que je suis une femme jeune et blanche.

Pour me donner du courage, je glisse dans ma pochette de cours un dessin de Ferri pour *Fluide glacial* : une petite poule au tableau devant une classe de loups qui dit : « Je vous préviens, cette année je serai impitoyable ! »

Trop fière

Avec les autres professeurs d'AS, nous nous réunissons une fois par semaine une heure pendant la pause entre midi et 14 heures pour faire le point sur les projets des élèves. L'année est difficile. Pas un seul d'entre nous ne tiendrait le coup sans sentir que l'équipe fait bloc autour de lui. Contrairement à ce qui est toléré à l'échelle de l'établissement, l'enseignante qui pilote le projet ne laisse passer aucun incident et tout conflit, aussi minime soit-il, trouve dans la semaine sa résolution. Ainsi consacre-t-elle les fins d'après-midi à prendre en colle les élèves pour refaire avec eux des devoirs ratés ou réviser le travail de la semaine. En tant que professeur principal de la quatrième AS, elle porte vraiment le projet sur ses épaules et passe aussi beaucoup de temps à remonter le moral de l'équipe pédagogique. Nous l'adorons.

Les élèves de quatrième AS doivent effectuer deux stages d'une semaine durant l'année scolaire, l'un avant les vacances de décembre, l'autre avant les vacances de printemps. Souvent, nous envoyons nos élèves avec quelques réticences, les sachant capables du meilleur… comme du pire.

Hassan est un élève intelligent mais très filou. Il a eu de graves problèmes de discipline l'année précédente et nous le surveillons de près. Il a trouvé un stage chez un garagiste. Après les recommandations d'usage (tu arrives à l'heure, tu es poli avec le patron, tu surveilles ton langage, tu te laves, etc.), je le vois le lundi partir très content pour son premier jour. Le vendredi, j'effectue la visite de stage. Sur place, le garagiste m'informe qu'Hassan ne s'est jamais présenté et qu'il n'est pas content du tout du collège qu'il a prévenu et qui n'a pas donné suite. Je suis effondrée et commence à balbutier de vagues excuses… Le patron sourit et je vois surgir Hassan en bleu de travail, mort de rire. Non seulement il a bien passé toute sa semaine en stage mais en plus il s'est montré un stagiaire assidu, motivé et sympathique. Il m'a fabriqué une plaque d'immatriculation avec mon nom. Je suis si fière de lui !

La plupart de ces stages se déroulent très bien. Oui, Sabrina s'est attiré les foudres de la boulangère en offrant un pain au chocolat à chaque copain qui est passé la voir à la boutique. Oui, Moussa a failli en venir aux mains avec le coiffeur qui l'a « traité comme un chien » : il lui a demandé de passer un coup de balai. Oui, Wassila a dérobé des produits dans l'arrière-boutique de la coiffeuse. Mais Boubacar s'est avéré un excellent vendeur, souriant et serviable, lui qui est si agressif en classe. Mehdi, fan de la NBA, s'est trouvé un stage dans une boutique pour basketteurs aux Halles et a pris des initiatives appréciées. Omar a passé une semaine dans une entreprise d'informatique à côté de la place Vendôme et a séduit toute l'équipe par son dynamisme et sa volonté de tout apprendre.

C'est un plaisir d'aller leur rendre visite dans leur entreprise. Ils sont détendus, contents de vous voir arriver et vous accueillent avec un grand sourire fier : « C'est ma prof ! » De retour au collège, ils présentent leur rapport de stage à l'oral devant d'autres professeurs de l'établissement. Ce n'est pas toujours parfait mais les expériences professionnelles les ont tous enrichis. Ils obéissent plus volontiers aux patrons qu'aux professeurs et reviennent en ayant compris enfin à quoi peut servir l'école. Ils ont vu que le monde du travail est accessible.

En l'espace d'une année scolaire, leur métamorphose est visible : ils gagnent en maturité, en confiance, ils apprennent à baisser la garde pour écouter les conseils qu'on leur donne et quittent le collège avec un projet professionnel construit et choisi.

Excision

J'ai en quatrième une élève d'origine malienne que j'aime beaucoup : Marietou. C'est une véritable beauté, elle a la grâce des femmes peules. C'est aussi une élève travailleuse et méritante. À la fin de l'année, elle m'annonce, rayonnante : « Cet été je rentre au *bled* ! Mon père m'emmène ! »

Je reste dubitative : « Mais vous n'allez jamais au Mali d'habitude. Seuls vos frères aînés accompagnent votre père. »

Marietou n'ajoute rien, elle sourit gentiment. Je la sens résignée. Elle et moi savons ce qui va certainement se passer là-bas.

Je la revois à la rentrée suivante, esquisse un geste vers elle. Elle se dégage très brutalement. Elle ne supporte plus qu'on l'approche. Marietou me fixe.

C'est sûr, « ça » a eu lieu.

Quand les jeunes filles sont en quatrième, certaines familles les ramènent au pays l'été et les font exciser. Elles ont entre 13 et 15 ans. Elles sont mutilées sans anesthésie, au rasoir ou aux ciseaux, avec d'autres petites malheureuses. Le « travail » se fait à la chaîne. Il y a les cris, l'inimaginable souffrance de l'acte et ses suites (couture, cicatrisation, douleur lors des mictions...), les filles qui meurent à côté, se vidant de leur sang. C'est une amie, une voisine, parfois une sœur qui officie.

À leur retour en France, elles acquièrent un statut supérieur : elles sont maintenant « coupées », c'est-à-dire respectables, bonnes à marier.

En troisième, on leur présente leur « fiancé », bien souvent un cousin plus âgé qui veut des papiers pour entrer en France et auquel elles ont été vendues, très cher.

À la fin du collège, la CPE et moi rencontrons les parents de Marietou pour parler du passage en seconde générale de leur fille. Le père rigole : « Marietou, plus de problème, plus d'école pour elle : elle va se marier maintenant. »

Les associations africaines qui luttent contre les mutilations sexuelles au Mali, au Sénégal, au Togo, dans une vingtaine de pays du continent au total, commencent à obtenir des familles qu'elles renoncent à ces pratiques traditionnelles. Mais elles s'inquiètent de leur recrudescence parmi la diaspora africaine. Des familles qui ne faisaient plus exciser leurs filles depuis une ou deux générations y reviennent aujourd'hui pour préserver leur identité culturelle, pour éloigner leurs filles de la « dépravation occidentale ».

En France, dans les collèges et les lycées, un travail (modeste) de prévention est mené. Mais la tâche est ardue car ces jeunes filles, très pudiques, ont du mal à parler et à entendre parler de sexualité. En outre, on les a bien souvent mises en garde contre ce que disent les « femmes blanches ». Une fois qu'elles sont « coupées » comme elles disent, elles sont parties prenantes du clan et défendent la pratique de l'excision. On leur parle de leurs droits fondamentaux, des lourdes séquelles physiques et psychologiques de cette mutilation et de la possibilité d'avoir recours à la chirurgie réparatrice. Certains services spécialisés en région parisienne opèrent jusqu'à trente femmes par semaine.

Quand le dialogue se noue parfois, certaines osent se livrer : « Je sais que je pourrais aller dans un foyer pour échapper à ça. Mais ma famille ne voudra plus jamais me revoir. Et qu'est-ce que je deviendrais seule, noire dans un pays de Blancs ? »

Chroniques de télescopages ordinaires

Une des difficultés à laquelle on est le plus souvent confronté aujourd'hui, c'est la résonance au sein des classes des problèmes que traverse le monde. Les élèves sont bien informés tout en ne comprenant pas grand-chose à l'actualité et tout se télescope : la religion et la laïcité, les conflits internationaux, les rancœurs de l'Histoire, les rivalités nationales, etc.

Nous sommes le matin du 12 septembre 2001, je vais chercher mes sixièmes dans la cour. Léo court vers moi, affolé, tout rouge. Les garçons jouent à la guerre : les « Blancs », soit les « Français », font les Américains et les « Rebeus », les hommes de Ben Laden. Les « Américains » hurlent et courent de tous côtés, terrifiés, tandis que les « Ben Laden » cherchent à les capturer pour les pendre.

Cours sur les figures de style en quatrième. Je suis au tableau, nous étudions les métaphores. Une élève propose : « Les larmes de Dieu » pour « la pluie ». Dès que j'écris le mot « Dieu », Adama se lève et tonne : « Vous n'avez pas le droit d'écrire ce mot. C'est pas bien ce que vous faites. Dieu va vous punir ! » Les autres : « Oh, tu nous saoules, mon frère ! »

Début du Ramadan. Un surveillant passe dans la classe relever le nom de ceux qui ne mangeront pas à la cantine pendant la période du jeûne. Des mains se lèvent. Des regards lourds s'échangent à travers la classe. D'autres mains finissent par se lever à leur tour…

« Madame, pourquoi on dit toujours avant J.-C. ? On n'est pas chrétien, nous, pourquoi on peut pas utiliser le calendrier de l'Hégire ?

– Et vous savez en quelle année on est depuis l'Hégire ?

– Ben…

– Il vaut mieux qu'on s'en tienne au calendrier commun, vous ne croyez pas ? »

Je pense parfois à Hamed, toujours triste, élève de cinquième dont le frère aîné avait disparu à Kandahar et dont les parents, musulmans modérés d'origine algérienne, ne s'expliquaient pas l'engagement extrémiste.

En février 2006, des élèves inconscients de cinquième se racontent en riant le calvaire d'Ilan Halimi. Je suis écœurée et cela m'en rappelle d'autres qui en 2002 mimaient la décapitation du journaliste Daniel Pearl que les télévisions occidentales avaient refusé de diffuser mais qu'ils avaient vu sur des chaînes d'information arabes.

« Vous êtes choquée, Madame ? Pourquoi ? Vous êtes juive ? »

Sophie, professeur d'histoire, rentre en pleurant au collège. Elle a emmené sa classe de troisième au musée de la Shoah et deux élèves n'ont pas cessé de ricaner et de faire des commentaires obscènes dans la salle où sont affichés les portraits des enfants déportés.

Pendant un cours qui n'a rien à voir, Fatoumata, une de mes élèves d'origine africaine, très imprégnée de théorie créationniste, me prend à partie : « Les Français, c'est des gros menteurs : les dinosaures, les hommes préhistoriques, ça a jamais existé ! »

Dylan est un garçon de 14 ans très mal dans sa peau et agressif. Il est en surpoids et je lui confisque régulièrement en cours des paquets de chips et de bonbons. Souffrant sans doute beaucoup de la séparation de ses parents, il fait tout pour se rendre odieux. Il se montre très insolent, très méprisant avec les professeurs et ne fait rien en classe. Il est habillé avec des vêtements de marque et se vante de posséder tel ordinateur ou telle console de jeux, ce qui agace au plus haut point les autres garçons de la classe de milieux beaucoup plus modestes. Un jour que je le reprends, il me rétorque avec son insupportable petit sourire en coin :

« Ouh, j'ai peur ! Qu'est-ce que je vais prendre à la maison ! À cause de vous, je serai privé de dessert et puni dans ma chambre…

– Il a bien d'la chance d'avoir une chambre, lui, M'dame ! se moque Youssef.

– Et d'la chance d'avoir du dessert ! » renchérit Abdelkader, provoquant l'hilarité générale.

La *battle* de Noël

Quelques jours avant les vacances de Noël, les cinquièmes me demandent d'organiser une petite fête le vendredi après-midi. Je dis oui sur le principe mais, pensant qu'ils voudront voir un DVD, je donne les recommandations d'usage : pas de films d'horreur ou interdits aux moins de 18 ans... Pour rire, je leur propose de répéter des chants de Noël. Ils acceptent. Je n'en crois rien et je me prépare à regarder un film avec eux.

Le dernier jour de classe arrive, j'ai apporté un gâteau et du jus d'orange. Ils n'ont bien sûr pas oublié : ils sont venus avec des bonbons et de quoi écouter de la musique. Deux filles montent sur l'estrade et se mettent à chanter. C'est une chanson qu'on entend en ce moment sur les radios. Elles la connaissent par cœur et la chantent très bien. La classe tape dans les mains en rythme et reprend le refrain. Les filles commencent à danser. Les autres montent sur les tables, lèvent les bras et se mettent à scander : « *Battle* ! *Battle* ! *Battle* ! » Ils font tous cercle, tout le monde participe. Commence alors un incroyable concours de danse entre filles, puis entre garçons, enfin entre filles et garçons. Ils ne semblent pas intimidés et dansent tous formidablement bien.

Les duels garçon-fille sont bien un peu suggestifs mais ils sourient, ils s'encouragent, ils applaudissent les meilleurs passages, ils ont l'air heureux. Je n'ai pas le cœur à faire des remarques rabat-joie, je laisse faire et admire le spectacle. On passe un vrai bon moment tous ensemble.

Malgré tout le bruit qu'on ne doit pas manquer de faire, la proviseur a l'excellente idée de ne pas passer dans les couloirs cet après-midi-là. Elle ne croit sans doute plus au père Noël et il n'est pas sûr qu'elle apprécierait notre *battle* de Noël…

Chroniques de la provocation ordinaire

Tout le monde le sait, l'adolescent n'est pas un interlocuteur toujours aimable. Le professeur constitue pour lui une cible de choix puisque d'un côté, il représente l'autorité et que de l'autre, il se doit d'incarner sang-froid et tempérance. Rappelez-vous : « Le rideau de lumière, pensez au rideau de lumière… »

Une classe de quatrième, premier cours de la journée, les élèves sont avachis sur les tables, les capuches rabattues sur les yeux. Excédée, je leur demande d'enlever leur « cagoule » (je pense alors à mon fils de trois ans qui, lui, porte une cagoule). Réponse amusée d'un élève qui s'imagine que je les vois cagoulés comme des indépendantistes corses : « Eh, faut pas exagérer, Madame, on n'en est pas encore là, pour le moment, c'est juste des capuches… »

Un de mes collègues se fait violemment bousculer dans un couloir. Il parvient à rattraper l'élève qu'il ne connaît pas et lui fait remarquer que, s'il peut arriver qu'on bouscule par mégarde quelqu'un, on peut aussi s'excuser. « M'excuser ? Vous m'avez pris pour un Français ? »

8 h 45, Adil arrive en retard. De sa démarche lente et élastique, il fait le tour de la classe pour serrer la main de chacun de ses copains. Je lui fais remarquer que, lorsqu'on est en retard, on gagne sa table discrètement, sans déranger le cours. « Bah, quoi ? Faut bien que j'dise bonjour à mes potes ! On vous a pas appris la politesse ? »

Cours en demi-groupe : je fais entrer une partie de la classe de cinquième. Au moment où je ferme la porte, un élève de l'autre groupe la bloque avec son pied, passe la tête et pointe un doigt menaçant sur un des élèves présents. Sans faire attention une seconde à moi, ni écouter mes injonctions, il se met à hurler : « Bâtard, j'vais te niquer ta race, connard ! » Ensuite, il se tourne vers moi, me sourit et lève les mains en signe d'excuse.

Quatrième, étude de *L'Avare* de Molière. Je fais mon cours d'introduction sur le théâtre au XVIIe siècle. Chériff me coupe la parole : « Madame, c'est un auteur de la France, ça, Molière ? Et pourquoi on étudie toujours des livres français ? Ça pue, la France ! »

8 h 40, mon premier cours de la journée. Je suis fatiguée, les élèves aussi. Tout semble calme. Soudain Moussa se lève et fond sur une de ses camarades. Malgré mes remontrances, ils discutent à voix basse. Brusquement Moussa s'exclame, très menaçant : « Toi, j'vais t'casser les dents ! » Je m'approche et lui fais remarquer que son agressivité n'est pas admissible. Il me répond : « Ouais, ouais, c'est ça ! » Je lui demande son carnet de correspondance. Il refuse en me disant de ne pas me mêler de cette affaire. L'affrontement dure plusieurs minutes. Voyant qu'il n'obéit pas, je lui signifie son exclusion du cours. Il refuse de sortir. J'envoie le délégué chercher un surveillant, Moussa finit par sortir en m'injuriant et en faisant le geste du couteau sous la gorge : « Ça ne va pas s'arrêter là. La roue tourne. Aujourd'hui, c'est moi. Demain, ce sera vous ! » Le CPE décide de le coller deux heures.

« Ramzi, tu te souviens que je t'ai collé à 16 heures ? Je t'attendrai en salle 207.

– Ah ouais… Faut qu'je viens ? »

Montée d'escaliers après la recréation du matin. Je suis avec ma classe derrière un autre groupe d'élèves dont les derniers traînent et bloquent tout le monde. Une élève se met à hurler en direction du haut des marches : « Eh, ta gueule, sale pute ! Ferme ta bouche ou j'vais te démonter quand je serai là-haut ! » Je l'attrape par le bras et lui dit de se taire. Elle se dégage et continue de crier, comme si de rien n'était: « Ta gueule, j'te dis. J'vais te défonc'! » Je la course jusqu'à sa salle de cours et raconte la scène à son professeur. La jeune fille se tourne vers sa camarade et lui demande: « De quoi elle se mêle, celle-là? C'est qui? »

Quatrième, fin de cours, un garçon gigantesque remonte la file des élèves qui sortent de ma classe, se jette sur Lucas, plutôt costaud pourtant, et commence à lui donner de violents coups de poing. Il n'écoute rien de ce que je peux lui dire, m'écarte de son bras, puis finit par sortir. Je m'assure que mon élève n'est pas trop amoché et je lui demande qui est ce garçon et s'il sait pourquoi il l'a agressé. Il me répond, comme tous les élèves dans ces cas-là, qu'il n'en a aucune idée et qu'il ne connaît pas son agresseur.

Je pense à un grand frère venu régler un compte mais apprends qu'il s'agit en fait d'un garçon de troisième. Je rédige un rapport et obtiens son exclusion temporaire. La principale me conseille d'être prudente pour aller au métro et de revenir chercher de l'aide en cas de besoin. Je rentre chez moi, pas vraiment rassurée.

Quelques semaines plus tard, je vois cet élève devant la salle des profs où je me rends. En m'approchant de lui, je n'en mène pas large, il est bien plus grand que moi et me regarde d'un air mauvais. Comme je passe devant lui et que je ne sais pas quelle attitude adopter, je lui dis bonjour. À contrecœur, il me salue aussi…

Un prénom pas cool

Décembre 2006, je dois quitter Paris pour suivre mon mari à New York. Cela fait trois ans et demi que je suis professeur au collège Georges-Brassens. Je suis embêtée et triste de laisser mes classes en pleine année scolaire, au moment où je commence à bien les connaître et à travailler efficacement. Anciens et actuels élèves se succèdent dans ma classe la semaine avant les vacances de Noël pour me dire au revoir. Je reçois tellement de cadeaux qu'il me faut trois jours pour tous les rapporter à la maison.

Un groupe de filles de cinquième veut connaître mon prénom. Je réponds, je vois qu'elles sont déçues : « Gabrielle… On pensait que vous aviez un prénom cool comme, je sais pas… Jessica par exemple. »

Le dernier jour avant les vacances de Noël 2006, je monte en salle de musique dire au revoir à une classe de troisième qui m'est chère.

J'ai été leur professeur de français l'année précédente, quand ils étaient en quatrième. Les professeurs plus âgés me disaient d'eux: «Profite, une classe comme ça, ça n'arrive qu'une fois dans une carrière!» Et c'est vrai que nous avions passé une année idyllique, sans conflit, dans la bonne humeur, à explorer avec bonheur le programme de quatrième: le fantastique, le portrait, le théâtre classique, l'esprit des Lumières. La plupart étaient des ados attachants, agréables, motivés, certains brillants, et beaucoup excellaient dans d'autres domaines comme la musique ou le sport. Ils avaient pris en charge l'heure du mardi qui était consacrée à leurs exposés. Les comptes rendus étaient toujours intéressants, très travaillés et documentés. La classe écoutait attentivement et posait des questions pertinentes, c'était un rêve. Kadiatou nous avait expliqué les dessous du mouvement hip-hop depuis ses débuts à Harlem avec une démo de break- dance à couper le souffle, Daria avait présenté un exposé sur le violon dont elle jouait avec brio, Vincent nous avait expliqué comment George Lucas avait réinvesti la mythologie grecque et le code bushido des samouraïs dans ses films *Star Wars*… Je n'ai que des bons souvenirs de cette année et je me rappelle chacun d'entre eux. Ils sont maintenant en khâgne, en deuxième année de médecine ou en architecture. Je suis en contact avec certains, ils me demandent parfois des conseils, m'invitent à des pièces de théâtre dans lesquelles ils jouent.

Quand je les ai embrassés à la fin de mon dernier jour à Georges-Brassens, je savais que je quittais des élèves exceptionnels.

De retour en France, je suis nommée remplaçante au collège Alain-Fournier dans le XIe arrondissement de Paris, puis dans un lycée, à la rentrée de 2011, pour la première fois de ma vie. Me voilà professeur de lettres modernes à Maurice-Ravel dans le XXe. Dans les couloirs qui me paraissent immenses et tellement plus calmes, je croise d'anciens élèves de Georges-Brassens. Les sixièmes que j'avais quittés en 2006 sont maintenant en première. Ils sont grands et beaux comme tout, je me souviens bien de leurs prénoms. Je suis « amie » avec certains sur Facebook, j'ai suivi un peu leurs parcours. Ils sont tout surpris de me voir réapparaître, on est content de se revoir, on parle des États-Unis.

Il m'arrive aussi de tomber par hasard sur d'anciens élèves, dans le métro par exemple.

« He M'dame ! M'dame ! Vous me reconnaissez ? C'est Fouad de la quatrième 5 ! Vous vous rappelez ? Ouh la, j'étais con avec vous, hein ? J'vous en ai fait baver. Mais j'vous kiffais bien, la vérité ! Vous étiez ma prof préférée. »

C'est dommage qu'il ne me l'ait dit pas dit à l'époque, j'ai frôlé la dépression nerveuse, moi, cette année-là…

Le plus beau métier du monde

On parle beaucoup de l'école depuis quelques années. Le plus souvent pour en dire du mal et en utilisant un vocabulaire très négatif, qui pèse beaucoup sur le moral des enseignants et des élèves. On dit que l'Éducation nationale est malade, cassée, finie, que la violence règne, que les enfants ont peur, que les profs sont déprimés, qu'on n'y apprend plus rien.

Tout cela est en partie vrai. En partie seulement. Je vois pour ma part les élèves arriver le matin plutôt souriants, détendus et je les entends beaucoup rire dans la journée. Ils continuent de croire qu'un diplôme est un passeport pour leur avenir d'adultes.

Bien sûr, les enseignants sont fatigués et inquiets pour la suite des opérations – on leur dit tellement tout et son contraire. Mais ils organisent des voyages scolaires des mois à l'avance, ils parlent en juin des cours qu'ils ont envie d'élaborer pendant l'été pour leurs classes en septembre, ils se plaignent de Machin toute l'année puis le défendent au conseil de classe et se démènent pour son orientation, ils organisent enthousiastes des expositions avec les œuvres des élèves, ils dansent au concert de l'atelier rock des collégiens, ils se battent comme des lions au match de foot profs/élèves de la fin de l'année, ils corrigent des copies des heures durant, répétant avec patience les mêmes conseils pour progresser sachant qu'ils seront peu lus, encore moins mis en pratique, ils écoutent les parents et gardent respectueusement les secrets de famille, ils embrassent et félicitent les anciens élèves qui viennent leur rendre visite. Ils ne vont pas si mal, les profs, ils résistent.

Ils font figures d'ovnis dans la société actuelle, ne travaillant ni pour l'argent, ni pour la gloire. Ils se font parfois mépriser avec leurs discours un peu « à l'ancienne », comme disent les ados, sur le goût de l'effort et sur l'éloge d'une culture qui n'a d'autre but qu'elle-même dans une époque consumériste, utilitaire, avide de plaisir et de pouvoir. Ils incarnent un idéal social démodé mais qui rassure les élèves, au fond : il existe encore un rempart pour incarner les valeurs de la République, des gens pour croire que l'école peut changer les destins sans finance, sans appui, sans réseau… avec bienveillance.

Nous vivons dans une société impitoyable mais qui voudrait pourtant bannir toute violence visible et qui regarde ses enfants comme des menaces. On voudrait des petits de maternelle calmes et des adolescents disciplinés, comme des adultes en miniature : coopératifs, concentrés et soucieux de leur avenir. On est prêt à dresser des listes de bambins turbulents, repérés dès trois ans et surveillés pour le reste de leur scolarité. Pour protéger nos jeunes ou se protéger d'eux, on voudrait tout interdire : le tabac, les jeux vidéos violents, l'alcool, les joints, les virées nocturnes, les groupes de jeunes dans la rue, les relations sexuelles, la voiture... Comme si, en supprimant toute prise de risque possible, nous allions les rendre plus dociles, plus responsables.

Si vous avez oublié que les mômes ont toujours aimé la castagne, les bêtises, les chahuts, fumer derrière les portes, vandaliser des voitures, chaparder dans les magasins et molester les adultes, regardez à nouveau *Les Quatre Cents Coups* de Truffaut et vous ne les trouverez plus si terribles nos « sauvageons ». Et même drôlement civilisés, nos Antoine Doinel, obligés de pousser dans un monde bien noir et angoissant. Si nous ne savons pas comment leur transmettre l'espérance, au moins pouvons-nous leur manifester de l'indulgence et attendre simplement qu'ils grandissent ?

Mon métier n'est pas facile tous les jours mais on n'y parle jamais d'argent, de scores « à exploser » ou de profit. J'accompagne pendant presque une année des personnalités que je vois changer, mûrir et progresser. Chaque journée est différente, imprévisible, pleine de surprises. Mon métier présente un grand avantage comparé à d'autres : il a du sens.

Je ne le pense pas tout le temps, j'ai souvent envie d'arrêter, j'en dis du mal, j'ai l'impression d'être bien peu récompensée de mes efforts, d'être quantité négligeable pour le ministère, j'ai besoin d'en parler pour me soulager, je me sens incompétente, mal taillée pour l'ampleur de la tâche et même un peu usurpatrice. Je rêve d'un monde où tout serait plus facile. Mais j'en suis aujourd'hui persuadée, je fais le plus beau métier du monde.

Lexique

Abuser : Exagérer. Ex. « Donner du travail à la maison, comment c'est trop abuser ! »

Babtou (verlan, *toubab*) : mot africain désignant un homme blanc. S'emploie péjorativement pour désigner un Blanc, c'est-à-dire un Français pour le jeune qui se le représente comme un Scandinave : blanc, grand, blond et aux yeux clairs.

Bête de : Très bonne dans « J'ai eu une bête de note ! » Équivalent : « bombe de ».

Bouillave : Verbe, baiser ou frapper, usage proche du célèbre « niquer ».

Bounty : Désigne un Noir ou un Maghrébin qui se prend pour un Blanc, noir à l'extérieur et blanc à l'intérieur. S'emploie généralement à l'encontre des professeurs issus de l'immigration. Très péjoratif.

Choqué(e) : S'emploie, comme beaucoup d'autres mots, à contresens, pour signifier le plus souvent « en colère ». Ex. « La prof l'a collé alors qu'il avait rien fait, comment j'ai été choquée ! »

Cousin : S'utilise pour s'interpeller entre garçons, sans nécessité de réel lien de parenté. Ex. « Ferme ta gueule, cousin ! »

Daoua : Mot arabe pour « bordel ». Ex. « On va mettre le daouaaaaa ! »

Daron, daronne : Père, mère. Ne pas ricaner en lui faisant remarquer qu'il emprunte son vocabulaire à Audiard, le jeune croit que c'est lui qui l'a inventé.

Décalotter : Assurer grave. Ex. « Eh, Madame, votre écharpe, elle décalotte ! »

De sa race : De préférence dans « bâtard de sa race » ou « la putain de sa race ».

Die [dai] : C'est mort, tu es mort. Ex. « Ils ont appelé ton daron, c'est die ! »

Ficha (verlan, *l'affiche*) = La chouma (arabe) : la honte. Ex. « Vous voulez que je passe au tableau pour réciter ??? La ficha ! »

Frais : Bien. Ex. « Le prof de maths est absent, c'est frais ! »

Ferme ta gueule = Aurais-tu l'obligeance de te taire s'il te plaît ? N'y voir aucune grossièreté, s'emploie en toutes circonstances.

La Mecque (sur) : S'emploie en prenant un air solennel et en levant la main droite pour authentifier n'importe quel pipeau. Ex : « La Mecque, je jure que j'avais fait mes exercices ! » Pour rire un peu, faire remarquer à l'élève qu'on dit LE mec…

Manger sa mère : Synonyme de décalotter, attention ne s'accorde pas. Ex. « Les baskets à Moussa, elles mangent sa mère » (et non *leur mère*, vous noterez). Étant pourvue d'une écharpe qui mangeait sa mère ainsi que de baskets du même acabit, je me suis produite un jour devant mes élèves en « total look qui mange sa mère ». Air navré de la classe.

Marave : Bagarre. S'emploie également comme verbe dans « J'vais te marave la gueule ! »

Nique ta mère : Expression galvaudée. Employer de préférence « nique ta race » ou alors décliner la parentèle (« ton reup » par exemple s'emploie volontiers), mais à manier avec parcimonie car peut déclencher des bagarres sanglantes :
« Nique ta mère !
– Nique ta grand-mère !

– Nique ton grand-père !
– Oh putain, j'vais te défonc', mon grand-père il est mort ! »

Prendre trop la confiance : Profiter de la gentillesse/naïveté de quelqu'un.

Poucave : Synonyme de balance. (Ne jamais faire remarquer à l'élève que *bouillave*, *marave* et *poucave* sont empruntés au gitan, il se vexerait.)

S'en battre les couilles : S'en moquer. S'emploie indifféremment que l'on soit garçon ou fille. Proposer à l'élève de mettre son plan à exécution car vous avez du mal à visualiser le concept peut être amusant…

Seum (le) : Sentiment adolescent qui mêle cafard et colère. Ex. « Lire les *Contes fantastiques* de Maupassant, c'est trop l'seum. »

Staïve = « On s'en fout de ta vie. » S'emploie en lieu et place de « Ferme ta gueule ! »

Ta mère : Variante raccourcie du fameux « Nique ta mère », un peu galvaudé maintenant. S'emploie fréquemment pour « Ta gueule ! »

Tête de chips : Peut sembler mignon mais constitue une grave insulte, départ de possibles cafouillages.

Tête de ouam (la) = Je le jure sur ma tête.

Tête du Coran (la) : *idem*. Question : le Coran a-t-il une tête sur laquelle jurer ? Apparemment, oui.

Traiter : Insulter, verbe intransitif pour le jeune. Ex. « M'dame, il m'traite ! »

Trop = Très, syntaxe libre. Ex. « La prof de physique, elle m'a trop saoulé ! ou encore « Trop elle m'a saoulé, la prof de physique ! »

Wesh : intraduisible, interjection qui s'emploie aussi bien pour se saluer en se tapant poing contre poing que pour dire « tais-toi ». Ex. « Vas-y, wesh maintenant ! ».

Et puis bien évidemment l'usage immodéré du verlan : pé-ta (taper), pé-fra (frapper), teu-fé (aller en soirée), téj' (jeter), re-beu (arabe), noich (chinois), feuj (juif), re-noi (noir), ke-bla (black), douin (hindou), te-chi (shit), mé-fu (fumer), teu-bé (bête), gent-ar (argent), gue-din (dingue), seul-tout (tout seul), chelou (louche), deurme (merde), çais-fran (français), te-pu (pute), te-foo (foot), streum (monstre), fonce-dé (défoncer), treum (métro), chan-mé (méchant), mi-fa (famille), té-ci (cité), ouam (moi), ouate (toi), reup (père), reum (mère), ramps (parents), reus (sœur), reuf (frère), tepo (pote), keus (sec : maigre), vénère (énervé)…

Remerciements

À Monsieur Kanony, le Maître.

À Jean-Marie Lefebvre qui m'a appris le métier au Maroc.

À la bande de Corot : Fred, Manu, Sandrine, Kiki, Laure, Anne, Stéphane, Simone, Guy et tous les autres.

À mes élèves que j'aime ou que je déteste selon les jours mais qui m'apprennent aussi le métier.

À Amélie Petit, mon éditrice, qui m'a portée dans mon projet cette année et dont je n'oublierai jamais le premier coup de fil.

À Émeric, mon mari, fidèle soutien et entraîneur impérieux, qui a toujours cru que ces quelques feuilles pourraient un jour devenir un livre.

Table

FRANÇOIS BOURIN ÉDITEUR
DERNIÈRES PARUTIONS

Isabelle ALEXIS, *Brèves de filles*
Farid AMEUR, *La Guerre de Sécession*
Laurent BARAOU, Monsieur SEPTIME,
– *La Face cachée du vin*
– *Le Guide de l'alter vin*
Maurice BARRÈS, *Le Voyage de Sparte*
Annie BATLLE, Isabelle GERMAIN, Jeanne TARDIEU,
Le Dictionnaire iconoclaste du féminin
Olivier BEAUNAY, *Emploi, mode d'emploi*
Jean-Léon BEAUVOIS, *Les Influences sournoises*
Philippe BENASSAYA, *Les Années Giscard*
Albert BENSOUSSAN, *Ce que je sais de Vargas Llosa*
Abdennour BIDAR, *L'Islam face à la mort de Dieu*
BLANCAFORT, *Les Blablas du bling-bling*
Serge BLANCHARD, *Notre avenir dépend d'eux*
Gérald BLONCOURT, *Peuples de gauche*
Jean BOTHOREL, *Requiem pour les Français*
Jean-Éric BOULIN, *La Traversée du Printemps*
Hélène BRAVIN, *Kadhafi*
Jean-Paul BRIGHELLI, *La Société pornographique*
Francis BROCHET, *Inventaire après rupture*
Thomas CANTALOUBE, *Les États-Désunis d'Obama*
Éliane CARIOU, *Les seniors sont sexy*
Dimitri CASALI, Céline BATHIAS,
L'Histoire de France racontée par le cinéma
Jean Pierre CETON, *Entretiens avec Marguerite Duras*
Philippe CHALMIN,
– *Le Siècle de Jules*
– *Demain, j'ai 60 ans*
Philippe CHALMIN, Alessandro GIRAUDO,
Au temps des comptoirs

Philippe Chevallier, *Être soi*
Francis Chevrier, *Notre gastronomie est une culture*
Pasteur François Clavairoly,
Grand rabbin Haïm Korsia, *Paroles d'alliance*
Jean Cléder, *Michael Lonsdale*
Bertrand Collomb, Michel Drancourt,
Plaidoyer pour l'entreprise
Barthélémy Courmont, *L'Après-Ben Laden*
Simon Critchley, *Les philosophes meurent aussi*
Jean-Marc Daniel,
– *Le Socialisme de l'excellence*
– *Ricardo, reviens! Ils sont restés keynésiens*
Nicolas Deliez, Julien Mignot, *Le Cannibale de Rouen*
Chantal Delsol, *Penser le présent*
Renaud Dély, *Brèves de football*
Frédéric Denhez, *La Fabrique de nos peurs*
Nicolas Doucerain,
Ma petite entreprise a connu la crise
Mohamed Douhane, *La Délinquance des mineurs*
Gyaltsen Drölkar, *L'Insoumise de Lhassa*
Alexandre Dumas, *Midi de la France*
Bernard-Marie Dupont,
D'un prétendu droit de mourir par humanité
Catherine Durandin, *Que veut la Russie?*
Alain Durel,
– *Et Jésus marcha sur le Gange*
– *Petits conseils célestes sur le bonheur*
Isabelle Eberhardt, *Notes de route*
Gustave Flaubert, Maxime Du Camp,
Par les champs et par les grèves
Georges Fleury,
– *Nous, les combattants d'Algérie*
– *Nous, les combattants d'Indochine*
Jean-Pierre Fleury, *Le Bestiaire insolite*
Michel Foucher, *La Bataille des cartes*

Jean-Christophe Fromantin,
– *Mon village dans un monde global*
– *Le Temps des territoires*
Gilles Fumey, *Les Radis d'Ouzbékistan*
Samuele Furfari,
– *Dieu, l'Homme et la Nature*
– *L'Écologie au pays des merveilles*
Gilles Gaetner, *La Corruption en France*
Christian Gambotti, *Plaidoyer pour Sarkozy*
Tristan Garcia, *Nous, animaux et humains*
Yvon Gattaz,
– *La Seconde Vie*
– *Les ETI*
– *L'Entreprise et les jeunes*
Théophile Gautier, *Zigzags en France*
Charles Gave, *L'État est mort, vive l'état !*
Frédéric Georges-Tudo, *Salauds de riches !*
François Gerber,
De l'inutilité du juge d'instruction
Gaëlle Guernalec-Levy,
– *Appartement 24*
– *Jamais dans ce lycée*
Marion Guillou, Gérard Matheron,
9 milliards d'hommes à nourrir
Christophe Guilluy, *Fractures françaises*
Christian P. Gury,
L'Apprentissage, une autre manière de réussir
Victor Hugo, *Le Rhin, lettres à un ami*
Jean-Philippe Immarigeon,
La Diagonale de la défaite
Emmanuel Jaffelin,
– *Éloge de la gentillesse*
– *Petit Éloge de la gentillesse*
Thomas Jamet, *Ren@issance mythologique*
Paul Job, *Ma femme m'a plumé*

Ganaël Joffo, *Ma princesse au petit poids*
Christophe Juarez,
France, ton vin est dans le rouge
Liliane Kerjan, *Ce que je sais d'Arthur Miller*
Paola de La Baume, Emmanuel Giannesini,
Dictionnaire impertinent du politique
Jean-Daniel Lalau, *En finir avec les régimes*
Hubert Landier,
18 bonnes raisons de détester son entreprise
Pascal Lardellier, *Les Réseaux du cœur*
Pierre Lassus, *La Violence en héritage*
Bruno Léandri, *On enterre bien les Dinky Toys*
Éric Le Braz, *Géographie d'une presqu'île*
Emmanuel Lemieux,
– *L'Annuel des idées*
– *Tony, 1942*
Stéphane Leneuf, *Le Goût du pouvoir*
Myriam Levain, Julia Tissier,
La Génération Y par elle-même
Pierre Loti, *La Mort de Philæ*
Jacobo Machover, *Raúl et Fidel*
Michel Maffesoli, *Qui êtes-vous, Michel Maffesoli ?*,
entretiens avec Christophe Bourseiller
Sozerko Malsagov, Nikolaï Kisselev-Gromov,
Aux origines du goulag
Olivier Marion, *Louis XVI a perdu la tête*
Jean-Louis Marzorati, *Les Années de Gaulle*
Guy de Maupassant,
La Vie errante suivi de *Sur l'eau*
Julien Mignot, *Tu ne me battras plus*
Marie-Odile Monchicourt,
Emmanuelle Grundmann, *Ingénieuse nature*
Roland Moreau, *L'immortalité est pour demain*
Edgar Morin, *Ma gauche*
Yumma Mudra, *La voie qui danse*

Gyuri NEMES, François de Witt,
Votre argent a besoin de vous
Philippe NEMO, *La France aveuglée par le socialisme*
Paul-François PAOLI,
– *La Tyrannie de la faiblesse*
– *Pour en finir avec l'idéologie antiraciste*
Denise PARANÁ, *Lula, l'enfant du Brésil*
Corine PELLUCHON, *Comment va Marianne ?*
Valérie PIAU, *Les Droits de l'élève*
Jean-Robert PITTE, *Orientation pour tous*
Jean-Michel QUATREPOINT, *Mourir pour le yuan ?*
Robert REDEKER, *L'Emprise sportive*
Serge REYNAUD, *Bonne nouvelle, c'est la police !*
Olivier ROLLER, Emmanuel LEMIEUX,
Une journée particulière
Patrice ROMAIN,
– *Mots d'excuse*
– *Journal de bord d'un directeur d'école*
– *Chroniques d'un pompier volontaire*
Christian SAINT-ÉTIENNE,
– *Guerre et Paix au XXIe siècle*
– *La Fin de l'euro*
– *L'État et votre argent*
Philippe-Joseph SALAZAR,
– *Paroles de leaders*
– *De l'art de séduire l'électeur indécis*
Marie-Pierre SAMITIER, *Au pied du mur*
Amir SAMOUR, *Journal de l'amertume*
Marlène SCHIAPPA, *Éloge de l'enfant roi*
Daniel Salvatore SCHIFFER,
– *Critique de la déraison pure*
– *Le Dandysme*
Antoine SCHWARZ, *L'Unité cachée*
Andreï SOLDATOV, Irina BOROGAN,
Les Héritiers du KGB
STENDHAL, *Voyage dans le midi de la France*

Hippolyte Taine, *Voyage aux Pyrénées*
Jean-Luc Touly, *Le Vrai Pouvoir d'un citoyen*
Michel Turin, *Profession escroc*
Laurence Ubrich, *Les Nouveaux Parents*
Patrick Voillot, *Les Mystères du diamant bleu*
Laurent Wetzel, *Ils ont tué l'histoire-géo*
Charles Wright, Dom Michel Pascal,
À quoi servent les moines ?
Lijia Zhang, *Vive le socialisme !*
Charles Zorgbibe, *Paix et Guerres en Afrique*
– Tome 2 : *Les Chemins de l'Union africaine*
Salomé Zourabichvili, *L'Exigence démocratique*

Achevé d'imprimer sur rotative
par l'imprimerie Darantiere à Dijon-Quetigny
en juillet 2012

Dépôt légal : août 2012
N° d'impression : 12-0825

Imprimé en France

ISBN : 978-2-84941-335-7
752 454.5

10, rue d'Uzès 75002 Paris
www.bourin-editeur.fr

Collège inique (ta mère !)